Série

L'Œil du Diamant

Lios-Art ©

Romans Fantasy

Édition ScriptoSceptique ©

Série : L'Oeil du Diamant

Saga

La première Dragonnière

-

Le Déploiement

Écrit par :

Lios-Art

(Aka : L. Bourgeois)

Illustration de la couverture par l'Auteur

Série : L'Oeil du Diamant
Saga : La première Dragonnière :

Vision du Passé — Tome 1
3e édition Février 2021
L'Horizon — Tome 2
1re édition Avril 2021
Le Déploiement — Tome 3
1re édition Avril 2022
Écho de la Nuit — Tome 4
1re édition Janvier 2023.

Saga : La Saga Des Jumeaux :

La Prophétie — Tome 5
1re édition Août 2023

La Rencontre du Destin — Tome 6
1re édition 2025

www.Lios-art.com

Admin@lios-art.com

Nouvelle couverture Édition : 2025

9 781777 987824

❧ *Dédicace* ❧

Je dédicace ce roman à ma mère qui se battait contre un cancer au moment même où j'avais commencé à travailler sur ce tome 3. Malheureusement, elle n'aura pas eu la chance de le lire dans son intégralité avant son départ. Elle qui me suivait et m'encourageait à chaque étape de cette aventure.

Je tiens donc à graver dans le temps et dans mon art mes remerciements les plus sincères pour tout ce qu'elle m'a donné. Pour le dévouement, l'amour et tous les sacrifices qu'elle a dû faire au cours de sa vie afin de m'aider à grandir et de m'épanouir.

Je t'aime et te remercie Maman.
Ton reflet restera à tout jamais gravé sur la façade de mon cœur.

❧ H.Laflamme : ❧
Aussi connu à titre d'artiste et écrivaine sous le nom de H.L.Vance

02/02/47 – 28/09/21

www.Lios-art.com
Admin@lios-art.com

Index

Prologue

Hymne du Voyageur

Tu pars au loin.

Tout vient à passer tel une belle journée.

Le soleil va se lever, la nuit doit être chassée.

Regardez l'horizon, c'est notre seule option.

Tant que nous t'attendrons au rythme d'une chanson.

Regarde devant toi, relève-toi.

Jamais tu ne fléchiras, regarde devant toi et nous t'attendrons.

La nuit met au défi. Elle pousse des cris.

Les lunes surgiront et la clarté s'amoindrira.

Si tu te perds suis les signes de la chanson.

La lune du nord te guidera jusque chez toi.

Regarde devant toi, relève-toi.

Jamais tu ne fléchiras, regarde devant toi, et tu nous verras.

Flamme de la vie, lève-toi et guide leurs pas.

Dans la nuit, sans souci, garde leur vie à l'infini.

Face aux ennuis, jamais tu ne pourras fuir,

Car le temps de nos vies y est déjà inscrit.

Regarde devant toi, relève-toi.

Jamais tu ne fléchiras, regardes devant toi, cela pour toujours.

Si la flamme venait par s'éteindre.

N'ait pas peur, la nuit ne meurt pas plus que le jour.

À l'heure de leur mort, ramène leur âme à bon port.

Car peu importe notre sort, nos demeurons tous forts.

Regarde devant toi, relève-toi.

Jamais tu ne fléchiras, regardes devant toi. L'amour restera.

Tant que nous t'attendrons, nous chanterons cette chanson.

La flamme de vie restera allumée et veillera.

Au départ des camarades, Ducan ouvrit le rituel avec la mélodie qu'il entonnait avec force à gorge déployée. Durant un long moment, l'esprit de Tamira continua à valser dans sa tête, jusque dans son cœur, radotant les paroles à répétition.

Ce n'est qu'un début

Le vent murmurait délicatement à leurs oreilles. À l'occasion, ils croisaient de petites rafales fraîches d'automne qui venaient les surprendre. Ils furent aussitôt réchauffés par un soleil de plomb. Tel un soldat fidèle à son poste, il s'était dressé au zénith, ouvrant la marche.

Il s'était passé plusieurs heures depuis que Tamira avait quitté le grand hall sur le dos de Noxys, en compagnie de Feragil et Bino. Le cœur gros, mais résignée, elle partait enfin à la recherche de son jumeau, et il était hors de question pour elle de revenir les mains vides.

Bien adossée sur les accoudoirs rétractables qui lui servaient de dossier, elle se laisse bercer par le mouvement fluide et constant du battement d'ailes de sa dragonne.

Très peu de mots avaient été prononcés jusqu'à présent. Bino était l'une des seules à avoir exprimé son excitation par intermittence avec de rares balbutiements verbaux. "Bino excitée. Heure, désordre visuel arrivé. Bino déployée." Générant de grandes gesticulations, pointant partout de ses longs bras. À quelques reprises pendant le vol, elle tapota de son index sur le genou de son cavalier. Feragil, qui était assis sur la selle accrochée au dos de la grosse bête, se pencha afin de bien comprendre les paroles chuchotées par Bino. Elle le lui répétait à plusieurs occasions. "Bino, aime désordre là."

Quant à Feragil, fidèle à lui-même, il n'entama ni n'exprima guère un mot, si ce n'est que les directives à suivre, histoire de se rendre aux ruines en vue d'y passer la nuit. Les décombres d'un vieux temple de pierre dont personne ne connaissait réellement l'origine. On le croisait à mi-chemin entre le domaine du Firmament et le premier village, qui s'appelait les Grottes-sans-Fond, là où Aile-d'or devait se présenter en second lieu pour les attendre. Lui qui avait dû partir la veille. Aucune explication ne fut prodiguée afin de stipuler pour quelle raison le griffon et son cavalier avaient dû devancer leur départ. Il serait juste de dire qu'aucun n'avait cherché à s'informer davantage.

Noxys, quant à elle, était demeurée anormalement silencieuse et calme. Elle se contenta de fixer les paysages qui se succédaient, de humer avec son odorat très sensible de dragonne les différents parfums qui s'accostaient sur les parois de ses narines. Toutefois, sa première préoccupation résidait d'abord et avant tout dans le fait de rester réveillée. La fatigue conduisait sournoisement son chemin dans le jeune corps de la bête, qui n'avait pas autant d'expérience des grands trajets. Un combat qui devrait continuer encore quelques heures avant d'atteindre les ruines où elle pourra enfin jouir d'une léthargie profonde et réparatrice. Cependant, le périple n'apparaissait pas comme étant le motif de ce supplice des membranes palpébrales rebelles. C'était davantage occasionné par le manque de sommeil que la dragonne s'infligeait au détriment d'une bonne nuitée avec une longue lecture qu'elle affectionnait tout particulièrement la veille. Si elle avait pu se planter des branches, une forme de harnais ou même des hameçons avec des cordes afin de retenir ses paupières grandes ouvertes, elle l'aurait probablement confectionné.

Tamira ressentait la fatigue de sa dragonne, gisant dans une situation similaire après avoir passé la nuit à œuvrer à sa forge. Elle avait également hâte d'arriver aux ruines. Son estomac lui faisait déjà savoir qu'elle n'avait pas encore mangé.

Heureusement que Fiona avait prévu le coup. À cette période-là, Tamira n'avait aucune conscience de son appétit, tellement elle était excitée par l'aventure qui débutait. La vieille dame lui avait remis un paquet enroulé dans une grande feuille de tabac en lui disant : "Apporte ceci avec toi, comme ça, tu vas pouvoir bouffer en chemin vu que tu n'as toujours pas déjeuné. Il se peut très bien que la faim te gagne plus vite que tu le penses."

Tamira chercha à s'opposer et fut aussitôt rabrouée à sa place par les mots de Fiona qui lui avait répondu : "Tu vas la fermer et apporter ceci avec toi. Je n'accepterai pas un refus ni la moindre obstination, jeune fille." Avec un regard bien à elle, connu pour repousser toute personne cherchant à remettre son autorité en question. Fiona lui rendit le colis de façon décisive, qui la heurta délicatement au niveau de l'estomac. Puis elle pivota afin de prendre le prochain paquet dans les bras de Lucien. Ensuite, elle le remit à Noxys qui n'avait aucunement cherché à protester le moindrement. Malgré la grandeur de Noxys, qui faisait facilement quatre fois la taille de la vieille dame, on la caricaturait régulièrement comme étant haute que de trois pommes, ou encore, à un nain de jardin. La femme avait su imposer un grand respect au cours des années.

Lucien, son mari, faisait souvent des plaisanteries en relation entre l'attitude et la grandeur de sa bien-aimée. L'une de ses plus récurrentes demeurait qu'elle présentait un air ordinairement bête. Cela à force d'avoir trop ri lorsqu'elle était jeune, car à chacune des occasions où elle avait couru dans le gazon en tenant compte de sa minuscule taille, les herbes longues lui chatouillaient le dessous des bras. Ou encore, que les dieux ne les avaient pas liés à aucune créature, puisque les hamsters ne faisaient pas partie des animaux jumelés, c'était une jobe trop petite.

Fiona avait donc vu juste, et Tamira sortit le beau paquet de sa besace. Elle prit le temps d'analyser tout le soin particulier qui avait été employé au pliage de la feuille et à la corde de jute tressée tout autour afin de bien protéger le colis. Tamira afficha un modeste sourire et eut une réflexion. "Quelle brillante attention!"

Tamira mit fin à son observation lorsque son ventre se mit à crier d'un grondement, signe de famine. Elle allongea ses jambes pour les disposer confortablement sur les épaules de Noxys. Désormais bien placée, elle déposa le colis sur ses cuisses et entreprit de l'ouvrir quand Noxys lui lança par la pensée : "Pourrais-tu me remettre le mien également?"

Tamira restitua son paquet à contrecœur dans son sac, avec son abdomen qui se lamentait de plus en plus. Au même moment où elle sortait celui de Noxys, une volée d'oiseaux émergea brusquement de la forêt sous eux et les frôla de peu. Sur le coup, Noxys dévia de sa position dans la formation dans le but d'éviter le moindre accrochage. Prise par surprise, Tamira n'eut d'autre choix que de s'agripper pour ne pas être désarçonnée; dans la manœuvre, elle échappa le ballot à Noxys et cria. "Attrape-le!"

Feragil, qui était resté aux aguets du moindre mouvement, allant de la simple feuille d'arbre qui bougeait au vent au cerf qui bondissait à la suite de leurs passages, avait déjà anticipé l'envol de la flopée d'oiseaux. Du coin de l'œil, il vit Tamira se cramponnant et fit signe à Bino avec un petit son de plongée, ce à quoi Bino s'exécuta instantanément. Afin de bien diriger Bino, une sangle amovible était reliée de chaque côté des épaules de la Gou-aillée sur son harnais.

Noxys, trop fatiguée pour être alerte, n'eut pas le réflexe de rattraper au vol son repas qui ricocha sur son avant-bras.

Feragil s'écria. "Je l'ai!" Grâce à son expérience et à sa rapidité d'exécution de ce vétéran, travaillant en harmonie avec sa monture, ils capturèrent promptement l'évadé du sac au passage. Voyant l'usure de nos deux novices, il leur dit. "Nous allons nous poser dans l'éclaircie de la forêt au loin quelques instants." En leur montrant un plateau à travers le boisé et deux montagnes qui gisaient de chaque côté.

Tamira lui fit un signe d'approbation, ravie à l'idée de pouvoir se dégourdir les jambes un peu sur le plancher des vaches. Noxys, quant à elle, lâcha un soupir de soulagement, elle qui avait commencé à perdre, à l'occasion, de l'altitude à cause d'une somnolence qui s'était installée. Elle avait justement demandé à Tamira son repas imposé par Fiona, question de se distraire et de rester éveillée.

Noxys atterrit, relâchant ses ailes sur ses flancs, comme si elle pesait une tonne; au contact l'une contre l'autre, un grand bruit de claquement se fit entendre.

Tamira, entre-temps, en profita pour taquiner sa dragonne, comme si elle allait louper une occasion de plus, et lui dit. "Je me rappelle bien d'avoir dit que si tu ne te reposais pas, tu allais en arracher, tandis que je pourrais bien dormir sur ton dos."

Noxys se tourna avec un grognement et lui présenta une grimace tout en pensant. "Tu n'en manques pas une, toi, ma petite emmerdeuse." Puis son expression changea et fut remplacée par un point d'interrogation.

Tamira suivit le regard de Noxys. Elles se tournèrent pour apercevoir Bino qui s'affairait à secouer quelques troncs de séquoia à la frontière de la forêt jusqu'à ce qu'elle en trouve un légèrement instable. D'un coup vif et puissant, elle le déracina du sol. Sans plus de cérémonie, elle le bascula sur ses épaules, comme si l'arbre qu'elle venait d'extirper de la terre n'était rien d'autre qu'un long roseau. Avec vigueur, elle s'en servit comme grattoir pour son dos. Noxys et Tamira connaissaient la grande bête depuis leur enfance, cependant, ils ne l'avaient jamais vue en action, et ce tour de force les laissait sans voix.

Feragil était lui aussi descendu de sa monture. En passant à côté de Tamira, il lui dit : "Profitez-en pour vous étirer et vous dégourdir." S'adressant surtout à Tamira, il poursuivit : "Et surtout, change tes chaussettes. Une paire de bas humides peut vraiment mettre rapidement votre expédition en péril." Puis, à proximité de Noxys, il lui lança son repas avant d'utiliser la première roche comme siège pour y prendre place. Retirant un petit tissu de sa poche avec sa main droite, qu'il déplia délicatement de son autre main tout en disant : "La selle lui tenaille la fourrure des flancs lorsqu'elle se trouve en vol. Elle ne s'en est jamais plainte et adore prendre un cavalier sur son dos. Malheureusement, ça lui occasionne une grande démangeaison et aussitôt qu'elle en a la chance…" Feragil fit une pause. Il venait d'atteindre le contenu de son paquet qu'il cherchait. Il sortit une barre séchée de viande tout en tournant son regard en direction de Bino, puis il déclara en même temps qu'il rapprocha l'aliment de sa bouche : "Elle arrache un arbre afin de se soulager. C'est toujours un spectacle époustouflant de la regarder faire et de voir avec quelle facilité elle manie un tronc comme on manipule une fourchette." Puis, avec un sourire en coin, il mordit dans la nourriture qui se déchira en deux. Remballant le reste, il dit : "Vous feriez mieux d'en profiter tout de suite, nous repartons dans cinq temps."

Tamira se retourna afin de demander sa besace, qui était demeurée sur le dos de sa dragonne. Puis, elle s'assit tranquillement dans les herbes rouges parsemées de petites fleurs jaunes. La sacoche de cuir sur les cuisses, dont chacune des deux poches tombait de chaque côté. Elle porta son intérêt sur Bino, tout en sortant son repas. À l'occasion, cette grande créature donnait l'impression d'avoir un esprit simple et enfantin. Elle s'était mise à courir après des papillons, essayant de les capturer. Elle semblait si heureuse en cet instant. Tamira, qui avait ouvert sa feuille de tabac, n'avait jusque-là pas prêté attention à ce qui s'y trouvait. Feragil passa devant elle et lui rappela de ne pas oublier de changer ses bas en lui lançant une paire qu'il avait ramassée par précaution. Il n'en avait pas l'utilité, étant de descendance animale. Il avait envisagé le manque d'expérience des deux enfants et il avait prévu leurs lacunes de sagesse sur le terrain, en apportant quelques petits objets en surplus.

Tamira attrapa la paire de bas au vol, accrochant par le fait même un paquet qu'elle n'avait pas vu et qui avait été inséré parmi les barres tendres par Fiona. Le minuscule cadeau bondit entre ses cuisses, attirant son attention. "Que pouvait-elle bien avoir rajouté à son repas?" Tamira ramassa le mince paquet qui était accompagné d'une petite note, s'apprêta à la décacheter quand elle entendit Feragil dire :

"OK, on doit partir si l'on veut arriver avant la tombée de la nuit et préparer le campement."

Tamira prit une barre qu'elle emprisonna entre ses dents. Elle remit avec précaution le reste qu'elle prit soin de bien remballer avant de les enfoncer à nouveau dans sa besace. D'un mouvement délicat, elle glissa soigneusement le cadeau surprise de Fiona dans une minuscule poche à sa ceinture en vue de l'ouvrir plus tard.

Elle avait cependant conservé la note qu'elle décida de déplier afin de la lire immédiatement avant de partir.

On pouvait y percevoir le message suivant : "Afin de ne rien oublier, je te laisse ce petit présent qui me vient de ta mère il y a plusieurs années. Un cadeau qui fut dans ta famille depuis les triplettes. Prends-en soin de Note. "

Tamira enfouit le mot par la suite dans sa minuscule poche et s'activa à changer ses bas. Elle voyait déjà Feragil et Bino prêts à bondir dans les airs afin de reprendre le trajet.

Tamira rejoignit Noxys, puis ils partirent à la rencontre de leurs camarades.

Chapitre 1

Supplice aux Ruines

Le temps avait avancé au même rythme que nos voyageurs.

On pouvait enfin apercevoir des ruines de pierre au loin, qui dépassaient la cime des arbres. La grande majorité de la structure était ensevelie sous la végétation et les renforts de bois avaient quasiment tous disparus au cours des âges, laissant place à une architecture plus naturelle garnie de fougères rouges et d'arbres. La forêt, qui avait repris ses droits, englobait pratiquement tout l'endroit. Les troncs faisaient désormais office d'appui pour les murs.

Tamira avait déjà effectué à l'occasion des escapades jusqu'à cet endroit étant plus jeune, en compagnie de sa dragonne. Elle n'avait jamais été plus ravie d'y arriver qu'en cette soirée. Rien n'avait semblé avoir changé, si ce n'est que la zone paraissait plus vaste dans ses souvenirs.

Noxys découvrit une nouvelle énergie qui l'envahissait à la vue de la petite éclaircie de la cour intérieure. Avec un grand sourire, elle s'exclama : "Enfin, nous allons pouvoir nous reposer!"

Cependant, avant même d'avoir eu la chance de se ruer en direction de ce petit coin de paradis, Feragil s'interposa. Entravant leurs élans négligents du sommeil, il leur bloqua le chemin à l'aide de sa partenaire Bino et dit : "Vous ne pouvez pas et vous ne devez pas vous précipiter de cette façon sans prendre de précautions."

Freinant abruptement son élan, Noxys n'apparaissait visiblement pas du même avis. Elle ne voulait qu'une chose : poser sa carcasse et enfin pouvoir dénicher le repos si sollicité par ses muscles. Jamais elle n'avait trouvé ce trajet si ardu et interminable. Néanmoins, Noxys ne dit pas un mot, elle ne prononça pas la moindre objection.

Tamira, cependant, exprima son incompréhension. "Quelle précaution? On vient ici depuis qu'on est jeunes, tu le sais bien! On n'a rien à craindre."

Feragil, qui se rapprocha délicatement d'eux en vol sur sa monture, entreprit ses explications. "Je sais d'office que votre formation fut prodiguée par l'un des meilleurs dragonniers que j'aie jamais connus. Vos capacités sont indéniablement très grandes, à l'image de vos parents. Un jour, j'en suis persuadé, Tamira, tu seras probablement même reconnue comme étant plus grande que ton père et ta mère réunis. Cependant, la plus talentueuse dragonnière peut échouer par témérité. Vous n'avez aucune expérience du terrain malgré votre entraînement, il vous faut donc commencer dès maintenant à adopter les bonnes habitudes de précaution." Prenant une pause et regardant en direction du domaine, il ajouta avec un sourire chaleureux : "De toute façon, vous n'avez guère le choix. J'ai donné ma parole à votre père de vous garder toutes les deux en sécurité."

Tamira ne le lâcha pas du regard tout en disant d'un ton sérieux : "C'est sûr, il ne faudrait surtout pas que tu manques à ta parole. Tu t'imagines s'il nous arrivait quoi que ce soit? Les supplices que mon père te ferait subir?"

Feragil ne comprenait pas vraiment où Tamira voulait en venir. Certes, il serait déçu et compte tenu de l'ampleur de la situation, il pourrait être dévasté s'il advenait quoi que ce soit. Mais de là à parler de supplice, ce n'était pas du tout dans les habitudes de Ducan et encore moins dans les valeurs et coutumes de la maison.

Noxys, qui savait très bien où Tamira s'en allait, verbalisa sa pensée à sa place. "L'horreur, Tamira... Tout simplement l'horreur. Je ne peux qu'imaginer le carnage. Des plans qu'il l'attache à un gargantuesque tronc d'arbre toute une saison."

Tamira revient à la charge, finissant l'idée à voix haute. "Oui, je peux facilement visualiser l'atrocité."

Feragil, sceptique quant à la tournure de la conversation, contracta les sourcils et répliqua. "De quoi parlez-vous, les enfants? Je connais votre père depuis mon enfance, je me trouvais là lorsqu'il est venu au monde. Jamais il ne ferait quoi que ce soit à un membre de la famille."

Noxys s'empressa de renchérir, oubliant ses muscles endoloris. "Oh que oui! J'en suis certaine... On a été témoins de conversations, Tamira et moi. N'est-ce pas, Tamira?"

Bino ajouta ses inquiétudes en relevant le regard vers son cavalier. "Bino pas saucisson après arbre…"

Feragil déconcerté caressa la tête de Bino et chercha à la rassurer. "Non, non. Bino, Ducan ne ferait jamais une telle chose."

Tamira continua sur sa lancée. "Oh que si, il pourrait, et ce n'est pas le pire…" Elle marqua une pause, puis avec un ton sérieux, elle ajouta : "Il pourrait vous laisser pour seule compagnie Avalon qui vous chanterait des chansons à répétition jour et nuit…"

Elle n'avait pas fini sa phrase que Noxys ne pouvait plus se contenir et éclata de rire, suivi de près par Tamira.

Bino, un peu perdue, répondit : "Mais Bino aime les chansons d'Avalon. Bon ami, Avalon."

Feragil, déconcerté, se frappa le front avec la paume de sa main ouverte et dit : "Vous êtes sérieux là?... Décidément, on n'est pas sortis du bois." Sachant que toute chance d'approche subtile et silencieuse s'avérait désormais inutile à entendre ses deux têtes brûlées rire à gorge déployée, il les regarda et déclara. "Vous êtes définitivement finis… Une vraie attitude à la Ducan… Quand c'est trop fatigué ça fait de l'esprit de bottine, tout comme ton père." Avec un grand soupir, il termina en faisant signe à Bino d'amorcer la descente. D'un geste nonchalant de la main, tout en revêtant une expression d'exaspération, il dit. "Allez, suivez-moi. Par ici, le dodo."

Tamira et Noxys semblaient ravies de cette nouvelle, toujours amusées par la blague. Elles s'engagèrent dans la même direction, suivant Bino.

Feragil avait déjà posé les pieds au sol pour préparer le campement, tandis que Bino était allée sous l'arche de pierre partiellement démantelée pour ramasser du bois en vue du feu de camp.

Les vestiges d'une autre époque gisaient en ces lieux. Cette construction d'un temps révolu renfermait toujours de nombreux secrets. Les moines qui avaient jadis animé ce site l'avaient déserté du jour au lendemain sans laisser de trace ni de raison apparente. On pouvait encore ressentir la sérénité et le mystère qui régnaient anciennement au cœur de cette cour intérieure. Une série d'empreintes et d'indices avaient été laissés par cette ancienne civilisation, mais les éléments avaient jalousement gardé tous leurs mystères. Les murs intérieurs étaient constitués de pierre bleue poudré, provenant évidemment d'ailleurs, et le sol était recouvert de minéraux de marbre blanc entremêlés de fines nervures rouges qui s'illuminaient comme par magie à la tombée de la nuit. Personne ne pouvait en identifier l'origine. Certaines personnes avançaient l'hypothèse qu'elle venait des peuples sous-marins, d'autres évoquaient l'idée farfelue d'une provenance d'un autre monde. La thèse la plus populaire suggérait qu'elle avait été apportée sur Terre par une météorite, bien que l'emplacement de l'impact n'ait jamais été découvert.

L'extérieur de la structure s'était en grande partie écroulé et n'avait pas résisté à l'épreuve du temps. Cela avait entraîné une portion des murs intérieurs ainsi qu'une grande majorité de l'architecture de la toiture. Elle s'était affaissée, emportant à son tour une bonne partie de la charpente de soutien, laissant des monticules de pierres ici et là.

Feragil rassemblait des roches en cercle pour former un "puits à feu". Il s'immobilisa lorsqu'une ombre l'engloba. Levant les yeux, il vit Noxys, qui prenait visiblement tout son temps pour descendre par l'interstice du plafond au centre de la cour. La journée tirait à sa fin, et les dernières lueurs du jour s'amoindrissaient. La couleur du ciel comportait désormais des nuances clairsemées de marron et de turquoise.

Noxys et Tamira venaient juste d'atterrir quand Feragil demanda à la dragonne : "Pourrais-tu allumer le feu? Car je présage un redoux du mercure pour cette nuit."

Chapitre 2

Note l'Inusité

L'obscurité s'était lentement emparée du contrôle du plafond céleste. Les deux lunes, telles des gardes à leurs postes, rayonnaient dans les astres comme seuls témoins des crimes nocturnes. La forêt grouillait de vie, échappant parfois des échos d'activité et des cris d'animaux. Occasionnellement, on pouvait entendre l'une des victimes de la dure réalité du quotidien sauvage, poussant leur dernier hurlement. Les cimes des arbres, qui se trémoussaient au gré des petites brises fraîches, qui les caressaient au passage de la nuit, formaient une mélodie soutenue de branches et de feuilles tapant des mains.

Nos quatre voyageurs, assis en périphérie du bûcher, venaient de clôturer un copieux repas de gibier agrémenté de champignons sauvages, cueillis à proximité par Bino puis cuits sur la braise.

Tous semblaient affectionner la compagnie du silence, bercé légèrement par les crépitements du feu. À l'occasion, Feragil se leva pour nourrir le brasier d'un nouveau rondin.

Tamira fut la première à avoir terminé son goûter. Elle avait ressorti le petit paquet que Fiona lui avait inséré à travers de ses galettes, déterminée à savoir ce qu'il renfermait. Elle fut arrêtée quand tout à coup, Feragil bondit sur pied et dit : "Je vais prendre le premier tour de garde. Vous devriez en profiter pour vous reposer, les enfants. Demain, il reste encore beaucoup de trajets pour nous rendre aux Grottes-sans-Fond." Il se pencha tout en ramassant une longue branche, il sortit un bout de jute de l'une de ses sacoches qu'il transportait toujours avec lui en voyage. Ceci afin de confectionner une torche pour éclairer son chemin. D'un simple mouvement, il le rapprocha des flammes pour l'embraser. N'attendant pas de réponse, ni plus longtemps, il partit se positionner non loin de là, en hauteur sur l'une des murailles encore debout.

Suivi par Bino qui se leva en disant : "Bino, fermer yeux." À la suite d'une révérence, elle s'éloigna dans le but d'aller s'étendre sur sa couchette. Elle avait préalablement confectionné un lit de branches d'épineux sur un coussin de fagots.

Noxys lui fit un signe de la tête en guise d'explication juste avant de se lever à son tour. Elle regarda Tamira avant de dire : "Je ferais mieux de suivre son exemple, si vous ne voulez pas avoir besoin d'une spatule géante pour me décoller du sol demain matin." Déposant quelques bûches supplémentaires dans le brasier, elle reprit : "Ne te couche pas trop tard. Même si tu peux dormir sur mon dos, rien ne te garantit qu'il ne me viendra pas à l'idée de te désarçonner au-dessus d'une rivière afin de te réveiller." Avant de se retourner pour aller s'étendre, Noxys fit un gros sourire à Tamira. Le mélange de couleurs provenant du feu ainsi que la lueur du sol lui conférait une expression diabolique.

Tamira était toujours en train de tourner entre ses doigts le petit cadeau qui était encore emballé. Elle releva le regard légèrement avant de lui répondre à son tour par la pensée en transmettant : "Que je te vois me faire ça, ma grande! Tu pourrais bien être la prochaine à boire la tasse!" Elle lui retourna un sourire accompagné d'une expression qui voulait en dire long sur ses intentions, juste avant de compléter sa pensée avec : "N'oublie pas, je t'en dois également une pour le seau d'eau."

Noxys émit un petit rugissement en détournant la tête qui tomba aussitôt au sol. Ni une, ni deux, elle succomba quasiment instantanément dans un sommeil profond.

Tamira contempla sa dragonne quelques secondes de plus avant de finalement ramener toute son attention au petit paquet. Quelques cris d'animaux se firent entendre à distance, malgré tout, elle ne laisserait rien la distraire de nouveau. Cette fois-ci, elle découvrirait ce qui se cachait dans ce cadeau. C'était la première occasion qu'elle recevait quoi que ce soit de la part de Fiona. Pourquoi? Se demandait Tamira. Comme pour étirer le plaisir, elle entreprit de l'ouvrir avec soin sans se précipiter. Relisant dans sa mémoire la note qui l'accompagnait et qui semblait un peu vague : "Afin de ne rien oublier, je te laisse ce petit présent qui me vient de ta mère il y a plusieurs années. Un cadeau qui a figuré dans ta famille depuis les triplettes s." Jusque-là, tout paraissait compréhensible, pourtant la façon dont elle avait fini son message ne tenait pas la route : "Prends-en soin de Note." La phrase lui résonnait dans la tête.

Elle ouvrit enfin le paquet, dévoilant un bracelet minutieusement sculpté. Prenant le bijou entre ses doigts, elle déposa l'emballage de côté, et en se rapprochant du feu pour l'examiner sous tous ses angles. "Qu'est-ce que c'est que cet échoppage?" se demande-t-elle.

Le bijou possédait une sorte de forme s'apparentant à un renard disposé en rond, le bout de la queue dans la gueule. Certains détails firent dire à Tamira que ça ne devait quand même pas s'avérer être une représentation d'un véritable animal. Plus elle l'approchait du feu, plus les détails de la sculpture se révélèrent à elle. Le dos était bien fourni, par contre, il paraissait lui manquer de la fourrure sur tout le long de la queue. Seule exception, l'extrémité de celle-ci. Ça semblait trop bien détaillé pour avoir été confectionné au hasard. Il devait s'agir d'une représentation d'une autre espèce qu'elle n'avait jamais vue, lue ou même entendue parler. Une chose différente semblait capter davantage sa curiosité que la finesse du travail de cette breloque et l'aspect mystérieux de l'animal qu'elle symbolisait. Le métal détenait un reflet plus vif qu'une flaque d'huile, réfléchissant un arc-en-ciel métallique sur la surface de l'eau. "Quel est cet alliage?" se questionna-t-elle à voix haute. Elle pouvait sentir une certaine forme de chaleur à peine perceptible en émaner.

Tamira prit une pause en regardant autour d'elle. Noxys dormait profondément et Tamira avait l'impression que même s'il y avait eu un tremblement de terre, jamais elle ne se réveillerait. Quant à Bino, on aurait dit un gros bébé avec un pouce dans la bouche, endormi. Relevant la tête afin d'apercevoir Feragil qui n'avait pas grouillé ni cligné des yeux, toujours à son poste, elle continua à se questionner tout en plaçant le bracelet à son poignet. "Pourquoi m'a-t-elle donné ceci?" Elle porta à nouveau toute son attention sur le cadeau. L'instance d'une seconde, elle sursauta et crut voir le métal bouger. Sur le coup, elle s'apprêtait à l'enlever à la hâte pour ensuite considérer le reflet de la lumière des flammes sur la surface. Sa vision lui avait peut-être joué des tours avec le message qui l'accompagnait. Elle décida donc de ressortir et de relire les mots. Fatiguée comme elle l'était, son attention n'était pas entièrement présente. Elle retira alors le petit parchemin et se mit à le relire dans sa tête : "Afin de ne rien oublier, je te laisse ce présent qui me vient de ta mère il y a plusieurs années. Un cadeau qui fut dans ta famille depuis les triplettes. Prends-en soin de Note."

À haute voix, elle reprit : "J'ai bien lu… Prends-en soin de Note. Elle a dû se tromper en écrivant." Se dit-elle, sachant pertinemment que Fiona, malgré son âge, était si pointilleuse sur les détails. Il était très peu probable qu'elle se soit trompée. Elle répéta à quelques reprises : "Prends soin de Note. Ça ne veut rien dire." Quand tout à coup elle sentit quelque chose bouger à son poignet. La sensation courut à vive allure le long de son bras, lui donnant un frisson au moment où elle passait d'une épaule à l'autre sous sa chevelure.

Tamira, sous le choc, bondit perpendiculairement, cherchant à voir ce qui lui avait grimpé dessus à son insu, mais ne vit rien. La bestiole se déplaçait beaucoup trop rapidement. Pivotant la tête d'un côté afin de percevoir l'intrus, elle sentit celui-ci changer au même moment d'épaule, une fois encore à une vitesse éclair. Puis il s'arrêta subitement à proximité de son oreille. Tamira pouvait éprouver une minuscule patte tenir l'une de ses mèches de cheveux.

La petite bête l'engagea d'une voix surexcitée et à toute vitesse que Tamira eut peine à suivre. "Tu m'as appelé, je suis Note… Note, note, note tous tes besoins…"

D'un élan, Tamira tenta d'attraper l'animal qui changeait d'épaule à nouveau à une vitesse telle que jamais elle n'aurait réussi à l'empoigner. C'est à ce moment-là qu'elle s'aperçut qu'elle ne portait plus le bijou au poignet et dit d'une voix énervée : "Redonne-moi mon cadeau."

La petite créature répéta : "Je suis Note… et je note, note qui note tout…" Puis, il repartit tout le long du bras de Tamira pour se recoucher dessus. Sans plus dire un mot, son corps se réduisit de moitié en reprenant son apparence métallique.

À ce moment-là, Tamira saisit que le bracelet s'était en fait transformé en ce minuscule animal. Ou avait-il toujours été une bête qui s'était métamorphosée en ce mince bracelet?

Tamira entendit au loin Feragil articuler quelque chose d'un ton si faible qu'elle n'arrivait pas à le comprendre.

Lorsqu'elle leva les yeux, elle aperçut Feragil toujours à son poste. Curieusement, au lieu d'être après scruté les horizons à l'affût du moindre danger, il semblait plutôt contrarié. Le coude accoudé sur son genou, la main sur le front, il hochait la tête de droite à gauche en signe de désapprobation.

Feragil regarda en direction de Tamira au moment où il vit cette créature se transformer à son poignet. Il la reconnut instantanément avant de penser : "Dis-moi pas... qu'on va devoir se taper cette petite peste durant tout notre voyage?" Se cognant le front, il déclara de vive voix : "Ah non! Comme si ce n'était pas déjà assez pénible." Réalisant qu'il venait de parler à haute voix, il tourna à nouveau son regard dans le sens de Tamira qui regardait également dans sa direction. "Elle m'a sûrement entendu," se dit-il. "Je vais devoir aller m'expliquer." Eut-il comme réflexion avant de se lever afin de quitter son poste pour aller la rejoindre.

Tamira le regarda se lever et se déclara : "Il serait plus sage que je pense à me coucher, si je ne veux pas me faire sermonner sur l'importance de bien se reposer." Elle lui fit signe de la main avant de se positionner pour dormir.

Feragil se sentit soulagé de voir Tamira s'étendre de tout son long, enfin pour commencer sa nuit. Elle ne devait pas l'avoir entendu, se dit-il, avant de reprendre son poste.

Chapitre 3

Le Départ

Au début du jour, juste avant le départ de nos voyageurs.

Fiona se dirigeait dans la cour intérieure en direction de l'entrée du grand hall. Elle rencontra en chemin Noxys qui la salua d'un hochement de la tête. Noxys transportait un plateau débordant de crêpes dans une main et deux chopes dans l'autre. À peine s'étaient-elles croisées que Noxys se ravisa et l'interpella. "Ma chère Fiona…"

Forcée de sortir de ses pensées, Fiona fit demi-tour afin de faire face à Noxys en même temps qu'elle lâcha le bracelet dissimulé sous sa manche. Elle répondit avec un grand soupir, visiblement irritée d'avoir été arrêtée dans sa course. "Oui, Noxys, qu'y a-t-il? Je suis terriblement pressée avant votre départ."

Noxys ne fit pas de cas de la nonchalance typique de Fiona et lui répliqua. "Je m'en vais rejoindre Tamira à la forge. La connaissant, elle n'a très certainement pas encore déjeuné. J'apporte donc de quoi manger. Je me demandais si tu pourrais passer tout ramasser et nettoyer plus tard ?"

Fiona roula les yeux avant de répondre. "Tu m'as arrêtée juste pour ça?" N'espérant pas de justification, elle tourna les talons en répliquant machinalement. "Note, noté." Puis elle poursuivit son chemin.

Noxys partit de son côté.

Ducan, qui angoissait dans le grand hall, arpentait les cent pas entre le mur et le chandelier. Il s'attendait à voir sa fille passer à tout moment le seuil d'entrée, lorsqu'il vit enfin les portes s'ouvrir. Aspirant à pleins poumons, s'apprêtant à entonner l'hymne du voyageur, il découvrit à ce moment-là une vieille dame accrochée à une longue branche. Elle apparaissait plus l'encombrer que lui venir en aide. Le morceau de bois la dépassait d'une bonne demi-longueur de plus que sa taille. Quelques besaces de cuir y étaient suspendues. Ceux-ci tanguaient plus qu'un vieux saule. Elle semblait chercher à garder son appelons durant une tornade, à chaque pas en avant qu'elle faisait, tiraillée par les bagages qu'elle trimballait. D'après l'expression de son visage, Ducan voyait qu'elle ne s'était pas ménagée et que sa cheville n'allait pas mieux.

Fiona regarda Ducan, qui venait lui porter main forte. Ce n'étaient pas ses enfants qui partaient en voyage au loin, dans des zones dangereuses. Néanmoins, elle les avait aimés en secret comme s'ils étaient de sa propre chair, ses gamins qu'elle n'a jamais eu la chance d'avoir. Le cœur gros, elle porta son attention aux yeux de son ami et se dit : "Je suis navrée que tu sois obligé de voir ta seule fille partir à l'autre bout du monde. Comme ça doit être déchirant pour toi." Plus il s'approchait, plus elle pouvait y lire le chagrin qui le dévorait de l'intérieur. Son regard n'a jamais su cacher ses émotions, un véritable livre ouvert pour tous ceux qui le connaissaient le moindrement. Il l'aurait très certainement accompagnée faute d'être à même de les empêcher, cela ne faisait aucun doute.

Ducan s'étira afin d'empoigner les bagages accrochés à sa béquille improvisée. Au moment où il souleva le premier sac, Fiona perdit l'équilibre. D'un geste vif et instinctif, il la rattrapa, tout en disant : "Attention…"

Fiona le fixait du regard, à moitié à la renverse comme figée dans le temps, la peur dans les yeux, s'attendant à s'affaler une nouvelle fois sur le derrière. Ducan la maintint encore quelques secondes dans cette fâcheuse position avant de la relever et de lui lancer d'un ton légèrement moqueur : "Un peu plus et tu embrassais le plancher à nouveau. C'est à se demander, si c'est toi ou si ce sont les sacs qui gardaient le ballant sur cette perche." Il conclut en éclatant de rire.

Fiona l'empoignait par l'avant-bras tout en se redressant sur son aplomb, en disant : "C'était plus fort que toi, eh! Il fallait que tu me sortes l'une de tes plaisanteries tout en me gardant comme une poupée à la renverse." Puis elle finit par lui rendre un sourire pincé.

Ducan s'empara du bras de Fiona, le plaça sur son épaule en guise d'appui, en lui retirant doucement le bâton de sa prise. Empoignant la branche entre ses deux mains, Ducan jeta un dernier regard à Fiona. Estimant sa grandeur, il se mit à appliquer une pression de plus en plus forte. Tout à coup, un bruit de craquement se fit entendre. Le bois venait de céder. Son regard effectua un aller-retour entre Fiona et le plus court morceau encore dans sa paume droite, suivi d'un sourire. Il lui tendit sa béquille improvisée en ajoutant : "Tiens! Le petit goujon devrait mieux t'aller. Il est plus ajusté à ta petite taille…"

Fiona arracha la branche de son étreinte et répondit d'un ton sarcastique. "Le plus petit bout. Tu es sérieux, toi là? Tu me prends dès lors pour une naine? Un coup partit, tu aurais pu me refiler un cure-dent."

Ducan éclata de rire. Avec difficulté, il parvint à lui dire. "Essaye-la donc, au lieu de piailler."

Fiona cessa toute forme de contestation et disposa la branche dans le creux de son épaule. Elle tomba en place comme si elle avait toujours été faite pour sa taille.

Ducan avait fini par calmer son fou rire juste avant de lui demander. "Et puis? Je t'apporte un cure-dent ou celui-ci va faire l'affaire?"

Fiona exécuta une grimace sans répondre avant de se lancer dans le corridor sans demander son reste. Suivi par Ducan qui lui emboîta le pas, arborant un sourire qui s'était placardé d'une joue à l'autre, démontrant en silence une satisfaction ironique.

Arrivée à la hauteur du chandelier, Fiona se retourna face à Ducan sans le regarder. Son attention et sa main droite s'étaient portées sur un objet à son poignet, sous sa manchette. Ducan s'arrêta à ses côtés la regardant sans prononcer un mot.

Après un moment, la centenaire émit un soupir et dit. "Note! Il est temps." Une créature émergea du col de sa manche à une vitesse éclair, puis monta le long de son bras. La bête passa par-dessous et par-dessus, ainsi de suite, juste avant de s'immobiliser sur son épaule.

D'une voix surexcitée, Note répéta. "Note! Il est temps. Note est prêt en tout temps. Mais temps pour quoi?" Tout à coup, le petit être se redressa sur ses deux appuis arrière, la pilosité dressée sur tout son corps, comme si quelque chose de bruyant l'avait affolé. Fiona et Ducan n'en firent pas de cas, habitués à la présence de la petite boule de poil. Note gesticula une intervention de la patte comme s'il venait d'activer la sourdine d'un réveil imaginaire.

D'un mouvement sec, il tourna la tête en direction de Fiona au même moment de dire. "Oui, oui… Note confirme, il est temps. L'horloge de Note a sonné." Puis sans avertir, il bondit d'une clavicule à l'autre pour enfin s'immobiliser. Le regard dans le néant agitant de sa petite patte, comme s'il recherchait un ouvrage dans une minuscule bibliothèque. Après un moment, il agrippa enfin un objet que seulement lui pouvait voir et finit par déclarer. "Ha, Note a trouvé. Fiona se trouvait un peu avant l'heure."

D'un geste dans le vide, Note ouvrit un livre imaginaire. Il tourna quelques pages invisibles, avant d'affirmer en pointant à quelques reprises. "Oui… Note comprend. C'est noté là." Au même moment, un bouquin apparut tel un spectre fantomatique entre les mains de la petite bête que tous pouvaient finement apercevoir. Le grand sourire qu'il affichait s'effaça à la même vitesse que le volume se dissipa. Le regard triste, il releva lentement les yeux à la même vitesse que ses petites oreilles pointues tombèrent sur les côtés de sa tête.

Fiona pouvait désormais voir son reflet dans les vastes yeux marron de son petit compagnon qui la fixait en silence. Son museau sautillait tandis qu'il reniflait. Adoptant un sourire en coin, elle lui dit d'une voix douce. "Ce ne sont pas des adieux, cher ami, on va se revoir. Éventuellement. Mais pour l'instant, tu dois partir avec Tamira qui va avoir grand besoin de toi."

Du revers de son avant-bras, Note essuya ses yeux avant de faire deux pas avec nonchalance, puis accéléra jusqu'à la main de Fiona. Celle-ci était restée la paume ouverte. Comme si rien ne s'était passé, le petit animal sourit à la vue de Ducan en disant. "Note est en extase de revoir maître Ducan. Allez-vous accompagner Note comme dans le bon temps avec Dame Shina?"

Ducan répondit avec un sourire forcé, revoyant cette menue créature énervante qui fut jadis le bijou de sa femme. Combien de malaises cette peste avait-elle causés, il n'aurait pu le dire tellement il y en avait eu. Constamment, après avoir fait son apparition à tout moment, elle rappelait tous les faits et gestes qu'il notait à toute heure du jour et de la nuit. C'était une vraie encyclopédie pour l'histoire de sa famille, rapportée par Nivie, lors de l'un de ses voyages mystérieux. La triplette l'avait donnée en cadeau à leur sœur Horizonella. Une nouvelle chose dont personne ne connaissait l'origine, sauf peut-être Nivie elle-même. Le bijou avait survécu à travers les âges, de génération en génération, et avait participé à bon nombre d'événements marquants au cours des époques.

Après une seconde de silence, Ducan regarda Fiona en lui tendant un petit paquet qu'il venait de sortir des sacs. Il avait lu le nom qui y était inscrit dans sa tête, adressé à sa fille. Il répondit donc à la question. "Non… Note. Aujourd'hui, tu vas continuer l'histoire avec ma princesse. Nous comptons sur toi pour la protéger."

"Note, notée." L'énergie était revenue dans les yeux de la créature, mettant sa minuscule patte sur son cœur avant de se transformer en bracelet dans le creux de la paume de Fiona.

Fiona eut une petite larme de nostalgie avant de dire. "Allez, on doit se dépêcher, elles vont arriver."

Ducan et Fiona venaient tout juste de finir de remballer le petit cadeau avec une missive, que Lucien fit irruption dans le grand hall. Le vieux gaillard laissa s'évader quelques dizaines de rouleaux de parchemin contenant des cartes un peu partout. Ce faisant, il engendra un vacarme monstre.

S'excusant tout en tentant de ramasser ceux qu'il avait échappés, il en fit tomber d'autres. Après quelques tentatives répétées, il finit par tous les récupérer. Se ruant aussi vite que son vieux corps le lui permettait. Il prit la direction de Fiona et Ducan, qui le regardaient en souriant, voyant le serviteur progresser avec les rouleaux maladroitement disposés dans toutes les directions dans ses bras. Trois cylindres sous un biceps, deux autres sous l'autre, un long encombrant coincé dans l'entrejambe avec une bonne vingtaine dans les bras. Suivi d'un autre qui cherchait à s'évader entre ses genoux. Il aurait bien réclamé de l'aide, si ce n'était qu'il en avait fini par en prendre un dans sa bouche au moment où il était en train de tomber de ses bras. Ainsi, avec de petits pas semblables à ceux d'un pingouin, Lucien avait entrepris de les rejoindre.

Ducan, en regardant Lucien, pensant à haute voix, crut pour une raison obscure qu'il devait demander. "Est-ce que je devrais lui prêter main-forte?"

Fiona se mit à ricaner, puis elle répondit. "Non, voyons! Savourons le moment."

Surpris par sa réaction, Ducan le scruta puis éclata de rire.

Lucien, quant à lui, cherchait à crier de façon incompréhensible la bouche pleine. "J'arrive, ça ne sera pas encore bien long." Tout en tâchant de conserver le ballant des rouleaux qui ne désiraient qu'une chose, c'était de prendre la poudre d'escampette.

Les secondes s'écoulaient. Fiona et Ducan continuèrent à rigoler de Lucien qui les avait enfin rejoints. Nul ne lui vint en aide pour se débarrasser de toutes ses cartes encombrantes. Lucien, légèrement désorienté, finit par laisser échapper l'une d'elles. Il agita les bras dans tous les sens pour essayer de garder l'équilibre, tout en faisant la girouette du regard entre les deux, toujours en attente que l'un d'eux daigne bien lui porter assistance. Les deux amis rirent encore plus fort et Lucien comprit enfin qu'ils se payaient visiblement sa tête.

Ducan se pencha pour ramasser le rouleau qui avait roulé à ses pieds. Retirant celui qui résidait dans la bouche de Lucien, il demanda. "Mais… Lucien, que fais-tu avec autant de cartes?"

Lucien étira sa mâchoire dans tous les sens pour relâcher ses muscles avant de répliquer. "C'est... Bien, c'est pour leurs voyages." Incertain du but de la question, dont la réponse semblait évidente.

Fiona, qui avait enfin trouvé la force de ravaler son ricanement, regarda tendrement son amour et posa une main sur son épaule. Ce geste eut pour conséquence de faire perdre précairement l'équilibre à une bonne quantité de cartes. Celles-ci retrouvèrent finalement le chemin de la liberté en regagnant le sol. Lucien laissa échapper un soupir d'exaspération à la vue des rouleaux qui s'étaient affalés partout. Advenant qu'ils aient été en mesure de lui crier dessus, victoire! Lucien n'aurait pas été plus irrité qu'il ne l'était déjà. Les yeux de Fiona se crispèrent, de telle façon que son mari pouvait y lire un rire intérieur inaudible cherchant à exploser. Gardant son calme, elle dit. "J'ai emballé Note dans les provisions pour Tamira. Donc elle n'aura pas besoin de cartes pour le voyage."

Tout devint limpide pour le vieil homme, il adopta une expression encore plus découragée en disant. "Ça veut dire que je vais devoir tout rapporter dans les bureaux."

Ducan lui offrit un sourire triste, d'un ton trop sérieux, il répondit. "J'en ai bien peur." Attendant quelques secondes, laissant mijoter le supplice, il finit par reprendre. "Ne t'en fais pas, je vais t'aider, mon ami."

Lucien laissa échapper un soupir de soulagement.

Ducan pivota et revint à la charge d'une tonalité qui lui était propre, avec lequel on ne pouvait jamais dire s'il était sérieux ou non. "De toute évidence, on ne voudrait pas que tu les échappes à tous les coins du corridor. Cela pourrait les endommager."

On entendit des conversations se rapprocher. Les villageois du domaine arrivaient les uns après les autres pour voir une dernière fois la petite fille et sa dragonne, et leur souhaiter bon voyage. Il se passerait bien des lunes avant leur retour si tout se déroulait sans encombre.

Chapitre 4

Debout

Le ciel au-dessus de leurs têtes était resplendissant, sans aucun nuage en vue. Comme seul tableau, cette forêt d'arbres multicolores s'étendait à perte de vue sous un soleil d'automne étincelant. Noxys, les ailes toutes grandes déployées, se laissait bercer par le vent qui caressait ses écailles avec un léger sifflement... Elle n'avait aucune idée de ce qu'elle faisait là, mais elle n'en fit pas de cas, elle profita du panorama et de la quiétude du moment. Une petite envolée d'oiseaux au long cou, d'un plumage irisé violet avec un long bec rouge flamboyant, s'était rangée en formation de chaque côté. Ils s'étaient mis à l'accompagner sur quelques bornes, jusqu'à ce que l'un d'eux attire l'attention en brisant le silence en se mettant à piailler.

Plus le temps avançait, plus son cri devenait strident. Noxys s'employa à battre des ailes de plus en plus fort afin de les distancer, mais c'était peine perdue. La volée d'oiseaux arrivait miraculeusement à maintenir la cadence.

"Ça suffit, foutez-moi la paix et allez voir ailleurs, si j'y suis." Criait-elle avant de faire un tour sur elle-même en plein vol afin de changer de direction, suivie immédiatement par les volailles qui décidément ne voulaient pas lâcher prise. "Je vais faire du poulet grillé avec vous, si vous ne me laissez pas tranquille." Crachait-elle entre ses dents avant de fermer les yeux en suppliant qu'ils partent.

Tout à coup, elle sentit deux minuscules pattes lui agripper les paupières de son œil droit. Les piaillements laissaient place à une petite voix aussi stridente. Elle semblait de plus en plus audible. Celle-ci répétait sans arrêt. "Il est temps. Il est temps. Allez, grosse bête." Suivis par une série de coups répétés telles de faibles pichenottes sur la tête. Elle entendit le son d'une petite créature forcer de toutes ses forces, puis réitérer à nouveau. "Il est temps. Il est temps. Allez, grosse bête." Cette fois-ci, elle avait bien entendu. Noxys n'en pouvait plus, elle devait faire valser l'envahisseur qui avait osé lui grimper dessus et se servir de son lobe frontal comme trampoline. Avec un bon coup d'aile, elle chercha à désarçonner l'intrus tout en ouvrant les deux yeux. Elle sentit ceux-ci heurter péniblement un sol rocailleux. Le petit être perdit pied sous la force d'impact et glissa sur le museau de Noxys. Pendouillant du bout d'une patte à une écaille, le reste du corps tanguait dans le vide. Noxys, à moitié perdue, ne comprenant pas comment l'instant d'avant elle volait en plein ciel, se retrouvait désormais couchée sur la pierre avec une créature inconnue suspendue à son nez, si proche qu'elle n'arrivait pas à bien la distinguer. Clignant des yeux, Noxys se demandait d'où pouvait bien provenir cette chose. Elle ordonna d'un ton exceptionnellement agacé. "Qui es-tu?"

La petite créature lui sourit, dévoilant toutes ses dents, avant de crier de joie. "Moi! C'est Note, note note note que c'est l'heure de se lever, Noxys."

Noxys demanda. "Comment connais-tu mon nom?"

L'animal, d'un élan, se hissa d'un coup sur le bout du nez de la dragonne avant de répondre. "Je suis Note et je note note tout et je connais tous les noms du Firmament astral. C'est noté?"

Noxys, manifestement irritée et sur le bord d'éclater de colère, comprenait qu'elle avait été tirée de son rêve par une minable boule de poil énervante. Elle la regarda avec les deux yeux dans le même trou puis dit en grognant. "J'ai bien noté, maintenant toi, tu vas noter que mon nez n'est pas un perchoir à moucherons." Sur ses dernières paroles, Noxys prit sa patte et d'une pichenotte fit voler dans les airs la petite créature.

Note ouvrit aussitôt sa pilosité dorsale, celui-ci réagit immédiatement, tel un parachute, ralentissant la propulsion qu'il venait d'essuyer. Ce faisant, il se mit à retomber tout en douceur au sol en notifiant. "Oh grosse dragonne pas bien dormi… Note, a bien noté, nez de dragonne pas un perchoir."

Noxys pouvait entendre Tamira, Feragil et Bino rire aux éclats derrière elle, suivie par une pensée de Tamira dans sa tête lui disant. "C'était mieux qu'une chaudière d'eau froide. C'était trop hilarant."

Noxys grinça entre ses dents avant de se relever en secouant ses écailles quand elle entendit Bino crier. "Noxys! Ouvrir la gueule."

Noxys n'eut que le temps de se retourner et d'élargir la mâchoire pour attraper au vol le gros poisson. Bino l'avait repêché plutôt pour le petit déjeuner dans l'une des criques non loin de là.

Avec un bruit d'agglutinement de travers, Noxys avala le poisson avant de dire. "Je suis persuadé qu'il aurait été plus savoureux cuit."

Bino s'affairait à effacer toutes traces de passage, tel son lit de fortune. Elle grogna juste avant de répliquer. "Bino prend temps. Noxys pas contente."

Noxys fut paralysée de honte sur le coup, à la suite de la réflexion que Bino avait exprimée. Elle répondit d'un ton gêné. "Non, non! Bino, je suis très satisfaite. Merci beaucoup."

Bino demeura vexée. N'ayant pas réagi, elle se contenta d'enfiler son gant et de ramasser son harnais dans ses bras.

Feragil, qui avait été témoin du déroulement de la scène, s'approcha de Noxys, mit sa main sur le dos de la dragonne et lui chuchota à l'oreille. "Ne t'en fais pas, c'est un ange, mais elle est très susceptible certains matins."

Bino leur jeta un regard désapprobateur, suivi par un sourire montrant ses longues dents. Noxys n'aurait su dire si c'était courtois ou malveillant. Feragil, quant à lui, sourit de plaisir avant de reprendre son sérieux habituel et demanda. "Bon, êtes-vous tous prêts? On a encore une journée de voyage afin d'arriver sur place." Puis il prit position sur le dos de Bino, qui s'élança dans le ciel.

Tamira regarda Note qui répondit sans attendre le moindre ordre. "Note est prêt. Note note, vif comme l'éclair." Puis il accourut à vive allure, monta sur Tamira jusqu'à son bras. "Note à bon port." Dit-il juste avant de prendre sa forme de bracelet au poignet de Tamira.

Tamira toisait Noxys, la griffe dans la gueule. Elle lui achemina par la pensée. "En as-tu pour longtemps à te récurer les dents? On nous attend au cas où tu ne l'aurais pas remarqué."

Noxys répondit d'une voix déformée par l'action de sa serre qui encombrait le passage de sa bouche. "Dis-le pas à Bino, je ne désirerais pas la vexer davantage, mais tu sais que j'ai horreur du poisson cru. J'ai une arête de la carcasse du poisson de coincée entre les dents."

"Tu avais juste à lui dire que tu n'en voulais pas." Répliqua Tamira.

"Facile à dire dans l'éventualité qu'on te l'offre. Pas quand on te le catapulte dans le fond de la gorge sans crier gare." Répondit Noxys, en retirant sa griffe de sa bouche. "OK, embarque. Je m'occuperai de ça plus tard."

Tamira exprima un petit sourire en montant le long de la queue de sa dragonne pour y prendre place et pensa. "Ce n'était pas si pire que ça."

Noxys lui renvoya. "As-tu vraiment remarqué la force qu'elle a? Je suis persuadé qu'elle te crache dessus et que c'est comme une vague qui te ramasse au passage."

Au moment de s'envoler, Tamira découvrit une inscription qui détourna sa curiosité sur l'une des pierres qui fut autrefois une arche d'entrée. Elle s'apprêta à attirer l'attention de Noxys lorsqu'elle entendit Feragil crier. "Allez, les jeunes, si l'on veut éviter l'orage qui arrive du nord." Feragil pointait les nuages menaçants qui avaient apparu au loin.

Chapitre 5

L'Orage du Retard

Le jour s'était pourtant levé comme tous les matins, cependant le soleil n'était pas au rendez-vous. Les nuages couvraient l'intégralité du ciel, telle une couverture épaisse de feutre noir, ne laissant pratiquement aucune place à la moindre lueur du jour. Le vent soufflait plus férocement qu'un dragon explosant de rage et la pluie tombait telles des météorites sur le petit village de La Tope.

Aile-d'or se tenait appuyé dans le cadre de la porte à l'entrée de la seule taverne qu'on pouvait trouver au centre du village. Son griffon, assis à ses pieds sur le porche, paraissait inquiet de la tournure des événements. À l'abri du déluge grâce à une vieille extension du toit qui les surplombait et qui semblait tenir par miracle. Le griffon, qui dépassait Aile-d'or d'une tête, baissa la crête afin de se frotter le côté du bec sur l'abdomen de son compagnon.

Caressant ses joues d'une main, Aile-d'or lui répondit. "Oui, je sais, la température n'est pas idéale pour prendre son envol. Nous allons devoir retarder notre départ et arriver en retard aux Grottes-sans-Fond pour rejoindre Tamira et les autres."

On entendit le tonnerre retentir de plus en plus fort, à chaque détonation, la structure semblait vibrer sous l'énergie du bruit. Les flashs de lumière provenant des éclairs succédaient à une telle vitesse que le ciel paraissait rester éclairé par moments, comme si l'on avait allumé une bougie gigantesque qui vacillait légèrement.

Un vieillard traversa la rue lorsque la foudre heurta violemment un arbre mort depuis longtemps non loin de lui. Sous la force de l'impact, l'ancien Drumain tomba dans la boue. Les deux individus portèrent automatiquement les mains à leurs oreilles. Aile-D'or et son griffon, qui l'avait suivi du regard, se précipitèrent à son aide. Leurs tympans résonnaient encore de douleur causée par la puissante détonation qui les avait tous surpris.

Le vieil homme était visiblement toujours sous le choc au moment où Aile-d'or lui porta main-forte pour le relever. Sa monture fit le tour des deux afin de se positionner la tête sous le second bras de l'inconnu au même moment.

D'une voix rauque, qui se perdit pratiquement dans la cacophonie de la tempête, le vieillard s'adressa d'abord à Aile-d'or. "Oh. Merci, mon jeune homme." S'accrochant à la bête du mieux qu'il put en le regardant, il continua. "Et bien évidemment, merci à toi, mon ami." Puis s'adressant aux deux, le visage martelé par la pluie, il jeta un regard à l'arbre noirci par la foudre dont on pouvait désormais apercevoir les flammes jaillir de son cœur. "Il s'en est fallu de peu. À un poil de cul près et je sentais le cochon brûlé. Dommage, mes funérailles auraient été déjà toutes faites et ça n'aurait rien coûté. Immolé comme un dieu sur le bûcher." Finit-il avec un rire pénible qui trahissait sa douleur.

Sur cette dernière révélation, Aile-d'or dévisageait le vieil homme. Il ne savait pas s'il devait être surpris du langage cru ou de l'ironie macabre qui émanait de l'entre de ce bon vivant. Il se contenta de lui renvoyer un sourire accompagné d'un rire timide, tout en se dirigeant vers l'entrée de la taverne.

Les trois compagnons entrèrent dans les lieux plus trempés qu'une éponge qu'on aurait laissée traîner durant un cycle de lune complet au fond d'une marmite d'eau.

Le tavernier les reçut avec de grands draps de jute et déclara. "On dirait que l'océan nous tombe sur la tête. Par chance qu'on possède une bonne toiture." D'un geste de la main, il fit signe au griffon qui retourna sans un son se positionner sur les planches du balcon près de l'entrée.

Aile-d'or regarda le toit qui semblait vibrer au diapason des gouttes qui le martelaient. Il s'interrogea à la suite du passage d'une bourrasque qui souleva légèrement le revêtement sur sa solidité, en se disant. "Décidément, ils sont tous portés sur le précipice de l'ironie aujourd'hui. À savoir si ça va tenir la cadence, ça reste à voir."

Aile-d'or fut rappelé à l'ordre lorsqu'il crut entendre le tavernier lui dire. "Eh toi! Ça va faire quinze Draglions."

Surpris, Aile-d'or regardait l'homme baraqué du côté opposé du bar qui le fixait d'un air impatient. La main ouverte comme s'il attendait quelque chose, tout en essuyant machinalement de son autre main la même portion du comptoir comme s'il cherchait à le sabler. On pouvait voir par ses tatouages sur le visage qu'il devait être un ancien vétéran de guerre et il ne semblait pas du type à plaisanter. Remarquant que le barman ne bronchait pas, il lui demanda. "Ne trouvez-vous pas que quinze Draglions c'est de l'extorsion pour un bout de jute défraîchi dont l'odeur est très discutable?"

L'homme grogna tout en portant son regard sur le vieillard qui avait déjà pris place dans un coin reculé et sombre de la taverne.

Au même moment, il entendit de nouveau la voix qui ne provenait pas du barbu tatoué, mais de plus bas derrière le comptoir lui dire : "Non, espèce de cloporte défraîchi et mal élevé. Les serviettes de luxe étaient une gracieuseté de la maison, mais pas les deux chopes d'hydromel que tu as commandées."

"Deux chopes d'hydromel?" Aile-d'or ne comprenait plus rien. "Je n'ai rien commandé, vous devez vous tromper."

Un grincement interminable de tabouret en bois, traîné sur le parquet, résonna dans tout l'endroit. Partant de l'autre extrémité du comptoir, le raffut avait suivi toute la largeur du bar et semblait enfin avoir rejoint sa destination, s'arrêtant juste devant Aile-d'or. Il vit apparaître le front d'un petit homme qui jusqu'ici était dissimulé par l'étalage. Le nain se hissant sur le tabouret à la hauteur des pichets, tout en gémissant des bruits et des injures. Il ressemblait à un duplicata miniature du premier barman avec une longue barbe cendrée qui donnait une apparence crasseuse. Hormis la grandeur, une seconde caractéristique les distinguait. Le plus petit portait un cache-œil qui pouvait indiquer un trouble oculaire. Un torchon à la main, il empoigna subitement un verre pour l'essuyer tout en disant : "As-tu regardé autour de toi? Est-ce que tu vois beaucoup d'autres clients durant ce déluge? Allez, on ne fait pas la charité ici. Le mort avec qui tu es entré nous a dit que c'était ta tournée, maintenant avance-les Draglions et paye, on ne veut pas faire attendre les autres clients."

Aile-d'or tourna la tête, dévisageant du regard le vieil homme, qu'il venait d'aider l'instant d'avant dans la rue. Tout en portant sa main sur sa bourse pour la retirer de sa ceinture, jurant à son tour. Le vil homme lui présenta un grand sourire, levant la chope haut dans les airs dans sa direction en guise de remerciements. Ne sachant quoi faire d'autre, il lui répondit par un petit sourire nonchalant, visiblement mécontent de la situation, tout en comptant chaque pièce d'or qui s'emballait l'une après l'autre dans sa paume. Avant de se retourner et de déposer la somme sur le bar et rétorquer : "Décidément, la charité a son prix." Tout en tâtant sa bourse qui avait réduit du tiers.

Le petit serveur le regarda avec un ricanement machiavélique en lui répliquant : "Oui, mais tu en conviendras… On se sent toujours plus léger après une telle action."

Aile-D'or ronchonna tout en se dirigeant en direction du vieil homme qui lui, mine de rien, sirotait tranquillement sa chope d'un air des plus ravis.

Aile-d'or le lui demanda : "J'ose espérer qu'elle est bonne? Le mort!"

"Ça a un goût de la chaude pisse de crapaud, cependant on ne peut pas se permettre de faire la fine bouche dans ce coin de pays, c'est ce qu'il se fait de mieux dans le village." Il fit mine de prendre une autre gorgée, se ravisa l'instant d'une pause avant d'en rajouter. "Surtout lorsqu'elle est gratuite, on l'apprécie davantage."

Aile-d'or railla, en répétant les mots. "Surtout lorsqu'elle est gratuite. C'est sûr, il ne faut surtout pas se gêner." Les émotions saturées, il prit une grande respiration et tira la chaise avant d'y prendre place. Regardant son interlocuteur d'un air dégoûté qui avalait goulûment ce qui restait dans sa chope, laissant un filet d'hydromel ininterrompu s'écouler de chaque côté de sa bouche. Résigné, il s'étira afin d'atteindre la chope placée devant lui. Aussitôt agrippée, elle lui parut anormalement légère. Il jeta un coup d'œil à l'intérieur et s'écria. "Tu n'es pas sérieux. Tu as englouti les deux!"

"Pourquoi? Tu en voulais? Toutes mes excuses, nous allons remédier à la situation sur le champ." Sur ses paroles, l'individu leva le bras en faisant signe au barman d'en apporter trois autres.

Aile-d'or suivait du regard le mouvement du personnage devant lui quand il vit les trois doigts et grogna entre ses dents. "Pourquoi trois?" Craignant de déjà connaître la réponse, il reprit. "Et je présume que je suis l'heureux élu pour cette nouvelle tournée?"

Un sourire digne des plus longues chaînes de montagnes s'étirant de l'est à l'ouest apparut sur le visage de l'homme. Puis avec une voix ravie, il le lui dévoila. "J'étais pour payer, mais vu que tu t'offres si gentiment, j'accepte avec plaisir."

Aile-d'or voulut se mordre les lèvres. Il sentait le fardeau de sa bourse se dissiper au fur et à mesure qu'il imaginait les pièces en ressortir.

Aile-d'or vit le petit barman surgir de derrière la table adjacente à la leur, le cabaret sur la tête contenant les consommations. L'homme qui atteignait à peine la hauteur du meuble, y glissa le cabaret en annonçant d'un timbre de voix comme si l'on venait de le déranger. "Allez-y, servez-vous… Je n'ai pas toute la journée, j'ai d'autres clients qui attendent."

Le vieillard ne se fit pas prier plus longtemps et remplaça deux des chopes dans le cabaret par les deux autres vides qui gisaient devant lui.

Aile-d'or effectua le tour des lieux du regard, cherchant à voir qui sont les autres clients auxquels le barman faisait sans arrêt allusion. Il n'avait pas vu de nouveau client depuis son arrivée, plutôt dans la soirée. "Aurait-il omis de remarquer un quelconque individu dans l'établissement? Qui aurait pu passer sous son radar et tromper sa vigilance?" Se demanda-t-il. Sans s'en rendre compte, il dit à haute voix. "Mais, il n'y a personne d'autre ici."

Le vieil homme se mit à rire tandis que le barman, pour sa part, n'avait pas le cœur à la fête.

D'une voix hérissée, il lui cracha. "Les clients, ça va et ça vient. On n'arrête pas… Tu crois qu'ils attendent que tu les remarques, le mollusque. Ils n'en ont rien à foutre de toi… Allez, abat l'oseille. Ça va te dépouiller de vingt Draglions supplémentaires. Ramasse ta chope, sans ça, je repars avec. Qu'elle soit payée ou non."

Aile-d'or le regarda avec sévérité sans rien dire. Ravalant son orgueil tout en sortant les Draglions, qu'il jeta dans le cabaret, puis empoigna la chope au passage. "Que faisait-il là encore, à se faire détrousser de son argent par un vieil ivrogne et insulté par cette demi-portion?" se questionna-t-il. Il était pris dans un petit village miteux, dont le seul établissement ouvert aux voyageurs était ce trou qui refusait de voir son griffon à l'intérieur. Il languissait de repartir. Ducan l'avait envoyé la veille du départ de Tamira afin de retrouver un homme en particulier. Il l'avait cherché toute la journée précédente, mais sans succès. Personne ne semblait le connaître jusqu'à son entrée dans cet établissement douteux tôt le matin, où on lui avait finalement dit que l'individu en question était mort depuis des lustres. Il s'était fait prendre au piège par l'orage qui s'était formé subitement comme par magie.

Le petit homme tira sur le cabaret sans plus attendre et disparut derrière la première table à proximité. Seuls les bocks vides dépassaient du mobilier, trahissant son parcours jusqu'au comptoir.

Plus personne ne parlait, un silence s'était installé entre les deux types qui buvaient lentement leurs breuvages. L'ambiance était des plus cacophoniques. On pouvait écouter le son de la tempête qui n'était pas sur le point de s'essouffler, les parois de l'établissement qui semblaient chercher à fuir en compagnie de chaque bourrasque. Un grincement des pattes d'un banc traîné sur le vieux plancher se faisait entendre à intervalles réguliers, suivi par un bruit répété d'une douzaine de chopes en bois qui s'entrechoquaient en étant déposées sur le bar. On n'avait pas besoin de se questionner sur les allées et venues du petit homme, qui trahissaient son emplacement avec le raffut qu'il produisait derrière le comptoir. Quant au plus grand des tenanciers, on l'apercevait rarement quitter son poste.

Le vieux Drumain finit par briser le silence. Déposant sa chope, il adopta un ton plus sérieux et demanda. "Pendant que j'y pense, je ne me souviens pas que tu te sois présenté. Avec qui ai-je l'honneur de trinquer?"

Aile-d'or avala sa gorgée de mixture qui ressemblait à tout, à l'exception de ce que cela devait être, avant de répondre. "Je me nomme Aile-d'or."

Avant même qu'Aile-d'or ait le temps d'en dire plus, le vieil homme croisa les bras avant de se rapprocher et de le fixer directement dans les yeux pour demander. "Dis-moi, mon cher ami, si tu me le permets. Quel bon vent t'amène dans ce trou du cul du monde, là où l'attraction la plus passionnante revient à regarder deux mouches se battre pour une bouse fraîche encore accrochée au derrière d'une monture?"

"Quel spécimen imagé et vulgaire!" se dit Aile-d'or avant de lui répondre. "Une mission sans importance."

Le vieil homme renifla un gros coup, puis s'essuya du revers de sa manche. Rapprochant sa chope de ses lèvres, il reprit. "Dites-moi en plus."

D'un soupir, Aile-d'or s'exécuta. "On m'avait envoyé chercher un noble héros des temps anciens. Un mage répondant au nom de…"

D'un geste sec, le vieillard engloutit le fond de son bock. Avant même qu'Aile-d'or ait eu la chance d'en dire davantage, l'homme se leva subitement d'un coup, puis ajouta. "Juste avant que tu finisses ton récit passionnant, je vais aller arroser les abysses du placard. Tu me conteras la suite à mon retour."

Aile-d'or fit mine de protester, mais fut aussitôt interrompu par ce personnage qui avait déjà anticipé sa réaction et l'arrêta à nouveau en lançant, "Ce n'est pas comme si tu avais mieux à faire durant cet orage."

En passant près du bar, il donna deux coups sur le comptoir de la taverne en criant, "Encore une tournée." Puis se dirigea sous l'escalier où il ouvrit une trappe.

Aile-d'or n'en revenait pas, ce trou n'avait pas évolué et ne possédait toujours pas de commodité. "Ils se soulagent encore à l'intérieur sous les marches." Se dit-il à voix basse tout en secouant la tête avant de détourner le regard.

À son retour, le petit barman, qui de toute évidence était à bout de patience, se présenta déjà avec les breuvages et déclara, "Le mort, ne me fait pas attendre plus longtemps."

Cela faisait quelque temps qu'Aile-d'or entendait les tenanciers le surnommer de la sorte. Il commençait à s'interroger sur l'origine de ce sobriquet quand il écouta l'homme répondre, "Regardez-moi pas comme ça. Je ne détiens pas un seul Draglions sur moi. Adresse-toi plutôt à lui. C'est lui qui régale."

Aile-d'or sursauta à cette annonce. Il porta instinctivement la main à sa bourse qui était pratiquement à sec et répliqua, "Non, mais tu me prends pour qui? On ne se connaît même pas, de plus, je ne sais même pas votre nom."

Le barman, rouge de colère, rétorqua, "Vous payez sinon vous êtes tous deux de corvée. Vous allez devoir vider le puits à crottin. On ne fait pas la charité ici, on a une réputation à tenir. C'est à vous de voir, mais faites ça vite. J'ai des clients qui m'attendent."

Le vieil homme sourit à son compagnon du moment et dit, "Il semblerait qu'on va être dans la merde."

À contrecœur, Aile-d'or retira sa bourse et la lança dans le cabaret en rétorquant, "Tenez, c'est tout ce qui me reste. Cela devrait suffire à couvrir les consommations et à assurer que vous ne revenez plus en apporter."

Le barman tâta la petite poche de cuir, fit un sourire et répondit en se retournant, "Le mort que vous cherchez, c'est cette vieille branche." Puis il disparut à nouveau derrière les tables.

Désemparés et furieux, les yeux d'Aile-d'or se posèrent sur la sangsue qui était assise directement en face de lui. Cet immonde personnage qui lui avait coûté tout son argent, il ne pouvait pas être ce héros de jadis, cet homme dont Ducan le lui avait si vaillamment décrit. Son regard s'était assombri. À moins que cette pointure ne soit devenue que le fantôme de ce qu'il fut par le passé. Afin de ne pas faire erreur sur la personne, il le lui demanda, "Êtes-vous le sage des mages qu'on surnomme le Fléo Bleu?" Son visage trahissait son scepticisme.

"Mage, sage… Que de convenance pour un vieil homme! On ne m'a pas appelé par ce nom depuis si longtemps. Je croyais que les seuls échos de cette époque s'étaient évanouis sur les lèvres des trépassés."

"Il semblerait qu'ils ne sont pas tous morts. Ducan m'a envoyé vous recruter pour aider sa fille. Cependant, je doute que vous ayez toujours l'étoffe pour un voyage."

Le mage fronça les sourcils. Une canne se matérialisa dans la main, un pommeau arborant une sphère bleue électrique trônant au sommet. Tout en se relevant, une épaisse fourrure blanche apparut sur ses épaules au même moment où il dit, "Je crois qu'il me subsiste encore de bons restes." Sur ses mots, des flèches électriques lui sortirent des yeux, se propageant sur l'extrémité de son manteau de fourrure partant de la tête aux pieds, tels des éclairs d'énergie statique. Avec un dernier sourire, il prit son verre et l'engloutit d'un coup en déclarant, "Il ne faudrait surtout pas en gaspiller. Je suis prêt. On y va! Je dois passer par chez moi auparavant."

Chapitre 6

Peste en Flèche

On pouvait voir au loin les montagnes du village des Grottes-sans-Fond qui transperçaient un plafond de nuages permanent. Tamira et sa dragonne ne s'étaient jamais hasardés aussi loin de leurs foyers.

Un frisson parcourut le corps de la cavalière alors qu'elle se disait : "Nous sommes vraiment sur le chemin de l'aventure à partir d'ici, en train d'ouvrir la porte de l'inconnu."

Noxys lui répondit : "Je peux déjà entrevoir les arches de pierre qui constituent l'entrée au village, enfouies dans les grottes."

Un bruit de sifflement suivi par un cri aigu et des plus énervants retentit. "Youppie!!! Note arrive." La petite bête avait délaissé sa forme de bijou et détalait le long du corps de Tamira. Sans freiner une seconde, il courut tout le long du cou de la dragonne, sautant à toute vitesse par-dessus les obstacles qui se dressaient au travers son parcours. Pour finir sa course comme par fatalité ou à la suite d'un obscur dénouement inévitable du destin, sur l'extrémité du nez de la monture. Les poils et les oreilles rabattus vers l'arrière à cause de la pression des rafales générée par la grande vélocité de croisière. La petite créature hurlait des cris de joie. Les yeux exorbités, la gueule grande ouverte. Sa longue langue battait au gré du vent, tel un foulard qu'on aurait ressorti du fond de sa gorge et laissé fouetter à la traîne à l'arrière de sa tête. Afin de ne pas partir dans le sillage, la petite peste plongea histoire de s'agripper fermement à l'aide de ses petites pattes acérées à la monture. Elle inséra ses minuscules doigts dans les cavités nasales de Noxys juste au bon moment, avant d'être emportée par le vent. Les jambes arrière se soulevèrent et se mirent à battre librement selon la volonté des bourrasques. Une guédille n'aurait pas eu plus de souplesse et d'élégance dans de telles circonstances, accrochées aux narines de la dragonne.

Noxys, prise par surprise pour une seconde fois dans une même journée, ne comprenait pas ce qu'il lui arrivait. Encore! Elle pouvait sentir le lobe de ses narines se retrousser vers l'arrière, suivi par un picotement précurseur d'un éternuement à l'aube d'exploser. Sa vision était partiellement obstruée par l'arrière-train de la boule de poils qui s'énervait. Le tableau de ce minuscule postérieur virevoltant de droite à gauche tirait sur la bordure du nez, ce qui déstabilisa momentanément la dragonne, ainsi que Tamira qui, dans son cas, se retrouva à convulser d'amusement. Noxys freina sa course en plein vol, s'immobilisa net. La petite créature faillit lâcher prise et passa par-dessus bord. Note faisait désormais face à la bouche de Noxys, toujours agrippé par une patte au museau de la dragonne. S'étirant le cou suffisamment pour pouvoir regarder la monture dans les yeux.

Noxys battit des ailes en restant en vol stationnaire, combattant le chatouillement de son nez. Elle aperçut cette petite peste qui sortait délicatement la tête de l'autre côté de son museau.

Tamira pouvait sentir la frustration de sa dragonne se gonfler au même titre que ses poumons.

Note, fit un grand sourire timide. Puis il lâcha la prise de l'une de ses minuscules pattes pour saluer la dentition devant lui et dit : "Note, Note est très désolé… Mais nez de dragonne parfaite pour la vue en plein vol."

Noxys n'en pouvait déjà plus, elle avait deux options qui lui traversèrent momentanément l'esprit pour se défaire de ce minus. La première fut de le croquer comme un vulgaire hors-d'œuvre, l'autre caressait l'idée de le faire flamber de la même manière qu'un poulet à la broche pendant qu'il se balançait devant sa bouche.

Tamira n'a eu que le temps d'articuler : "Non, Noxys!" Avant de voir sa dragonne renifler à plusieurs reprises, juste avant un éternuement débridé et bruyant.

Au premier atchoum, Note était parvenu à tenir bon. Cependant, à la deuxième reprise d'air, Note fut projeté avec une telle violence qu'on aurait dit une minuscule météorite de poil et d'os, suivi d'un autre cri d'excitation : "Youppie!" Note avait déjà anticipé une récidive de Noxys et s'était positionné en angle pour plonger.

Tamira, voyant la petite créature revoler, ne put s'empêcher de crier : "Note... Noxys, il faut le rattraper."

Feragil regardait la scène de loin, assis sur Bino, le sourire aux lèvres.

Note tourna la tête et aperçut l'inquiétude qui s'affichait sur le visage de Tamira. Il ouvrit sa fourrure qui accrocha dans le vent tel un parachute. La propulsion s'inversait. Effleurant la tête de Noxys de justesse au retour, Tamira le saisit par la queue au dernier moment lorsqu'il passa à côté d'elle.

Tamira regarda Note, pendouillant cette fois-ci à l'envers par la queue, et dit : "Tu es un véritable kamikaze."

La petite peste se frottait les pattes avec excitation et répondit : "Note, Note aime beaucoup... Note veut recommencer. Est-ce que Note peut?"

Noxys, qui se frictionnait vigoureusement les narines afin de faire passer les picotements, sursauta à la suite de la déclaration de Note. Elle s'interrompit spontanément pour réagir avec un grognement de colère. "Non! Non... Note ne peut pas, à moins que tu veuilles finir en festin ou en méchoui improvisé." Tournant son long cou dans le but de regarder la créature qui était toujours à la renverse avec un ton, encore plus caverneux, elle reprit en tapotant de son index sur son museau. "Note bien ceci... Mon nez n'est pas un perchoir à guano."

"Note a bien noté... Très bien noté." Aussitôt dit, la peste se dégagea afin de bondir à la verticale, sur le bout du nez de Noxys. Il se mit à caresser amoureusement le museau de la dragonne en le martelant de baisers, tout en disant. "Note a noté, mais Note ne peut pas s'empêcher d'aimer ce si beau, si douillet perchoir. Noxys ne devrait pas l'appeler perchoir à guano."

Les yeux de Noxys abandonnèrent leur forme noisette pour devenir plus ronds qu'une pleine lune de colère. Une légère brume de fumée commença à s'échapper de l'extrémité de son museau. Trop furax pour vocaliser, elle envoya une pensée à Tamira. "Tu me débarrasses de ce cloporte, il n'aura pas d'autre chance. Il me fait sortir de mes gonds."

Tamira, amusée, dit. "Note, retourne à ta place tout de suite."

La petite bête se releva paresseusement sur ses deux pattes arrière, le dos recourbé vers l'avant, puis amorça son ascension sur le museau de la dragonne avec l'enthousiasme d'une roche et à la vitesse d'un escargot. D'un ton facétieux et mélancolique, il répliqua. "Note, à noter. Note y court."

Noxys grogna à nouveau, ce qui poussa Note à presser le pas d'une fraction de seconde juste avant de reprendre une vitesse de croisière d'un escargot encombré par un plâtre. Noxys jura en disant entre ses dents. "Éclaire de feu! Tu es sérieux? Tu ne pourrais pas aller moins vite? On ne te voit pas bouger, tu vas trop vite."

"Note, a noté." Avec un sourire qui apparut, Note se mit à se déplacer de manière à exagérer un mouvement au ralenti.

Noxys, les nerfs à fleur de peau, fit mine de remuer la tête afin de faire revoler la créature et la croquer au vol, quand Note fila à toute vitesse et se métamorphosa instantanément au poignet de Tamira en breloque.

Noxys regarda Tamira et dit. "Je n'endurerai pas ça tout le long. Garde-le sur toi ou je le transforme en cure-dent doré."

Feragil, qui s'était rapproché doucement, chuchota d'un ton moqueur. "Tu ferais mieux de t'y faire tout de suite. Le voyage ne fait que commencer et l'on n'a pas le temps de rapporter cette chose au domaine. Aller, les enfants, on n'est pas en avance, le soleil se couche et Aile-d'or doit déjà nous y attendre. Dépêchons-nous."

Chapitre 7

Nécromancien des Morts Futur

Aile-d'or suivit le Fléo à travers les ruelles de cet abject village miteux, sous une avalanche de pluie et un torrent de bourrasques de vent. Ils avaient emprunté un dernier petit sentier étroit qui semblait s'éloigner des piles de planches délabrées que les villageois osaient appeler des maisons.

Il commençait à se questionner. "Mais où ce misérable vieux mage m'emmène-t-il?" Tout ce qu'il pouvait percevoir à la cime des arbres fut un quai qui s'étendait aux abords de l'océan du nord, à perte de vue. "N'avait-il pas déclaré qu'il devait passer chez lui?" Aile-D'or ressentait de l'inquiétude pour son griffon, qui les suivait légèrement en retrait. Il ne comprenait tout simplement pas. "À moins d'être un membre de la nation des sirènes, je ne vois pas où il peut bien avoir creusé un trou pour se terrer."

Le mage se retourna en disant d'une manière suspecte. "Tu ne le sais peut-être pas, cependant j'arrive à éprouver les choses au même titre que ton griffon. De facto, votre habileté à communiquer par les sentiments me parle aussi bien à moi qu'entre vous deux. Je dois t'avouer que ça fait un boucan de tous les diables, pratiquement aussi fort qu'un couple de criquets en pleine saison des amours au cours d'une belle journée d'été."

"Comment peux-tu savoir ce qu'on ressent, le Fléo?" demanda Aile-d'or.

Le vieillard se pencha. L'une de ses mains accrochée à sa cane, il plaça l'autre, paume ouverte dans la boue. Fermant les yeux tout en murmurant une forme d'incantation incompréhensible, une lueur bleue jaillit de la terre, tels des filaments spectraux en vie. L'énergie courut le long du sol dans toutes les directions, tissant une toile d'araignée. Un mirage se mit à vaciller derrière l'homme à l'extrémité du quai jusqu'à se matérialiser en une maison de pierres. Munie d'une grande tour qui semblait gratter le menton des nuages avec un index effectuant un doigt d'honneur au monde.

Aile-d'or ne broncha plus d'un cil. D'où pouvait bien sortir cette structure qui semblait flotter au-dessus des vagues au bout du plateau? Il connaissait des magiciens et quelques rares nécromanciens qui existaient. Leurs flots d'énergie spécifiques à leurs types de magie restent habituellement rouges, orange, jaunes. Il en avait déjà vu du vert chez les naturels. Toutefois, jamais il n'avait eu la chance de voir un flux d'énergie bleu. Il comprenait désormais pourquoi on le surnommait le Fléo Bleu. Néanmoins, d'où sortait-il cette source pour qu'elle réside dans une teinte si unique? L'intensité ressortait si puissante qu'on en éprouvait l'étendue de la force avec un frisson lugubre tout le long de l'échine.

L'orage s'était enfin dissipé, comme par enchantement, aussi soudainement qu'il était apparu. Aile-d'or pouvait pratiquement humer l'odeur du pouvoir qui émanait désormais de toute part dans l'air ambiant. Une telle intensité, qui transpirait d'un si petit personnage, lui semblait à la fois époustouflante et en même temps tellement horrifiante. Si l'on avait pu placer toute la puissance d'un ouragan dans une spitoune, on aurait sûrement eu une bonne représentation de ce personnage.

Aile-d'or était demeuré figé comme une statue de sel au moment où le Fléo Bleu mit la main sur son épaule en lui disant. "Je sais que tu te demandes pourquoi mon essence magique s'exprime en bleu." Aile-d'or, toujours sous le choc, le regarda. Il ouvrit la bouche, mais aucun son n'en sortit, alors que le mage continua. "Je suis un nécromancien."

À ce moment-là, Aile-d'or dénoua sa langue et répondit. "Oui... Je le savais. Tu n'es pas le premier que j'ai eu à croiser. Cependant, les nécromanciens que j'ai eus à côtoyer ont un flux vert et une odeur... Je ne te dis pas. Tellement pénible, cette odeur de moisissure qui les accompagne à chaque incantation."

À ce moment-là, le vieillard sourit. "Un nécromancien normal! Si l'on peut prétendre qu'un nécromancien normal existe. Par contre, je ne suis certainement pas ce que tu considères comme un personnage banal. Je suis unique, je ne suis pas un simple magicien de pacotille qui relève les morts de leurs tombes. Mon pouvoir ne vient pas des disparitions du passé. Mon influence émane des trépassés du futur, ceux qui ne sont pas encore morts. Je tire l'essence à venir qui est infiniment plus grande que la substance des âmes du passé."

"De quoi?" répliqua Aile-d'or, incertain d'assimiler correctement l'explication du mage.

Le vieux Drumain afficha un sourire embêté, puis répondit : "Ne t'en fais pas, nous aurons tout le temps nécessaire pour que je puisse t'expliquer cela en détail. Si c'était si facile, je ne serais pas le seul de toute l'histoire de l'humanité à avoir réussi ce tour de force. Alors, viens dans mon trou creusé, que je rassemble mes affaires avant d'ouvrir un portail au rendez-vous."

"Tu ne posséderais pas plutôt une monture pour nous y rendre?" demanda-t-il, inquiet de l'inconnu magique qui l'attendait.

Fléo le regardait avec un air arrogant en disant : "Je ne monte pas sur une bête, je ne l'ai jamais fait et je ne le ferai jamais. Si jamais un jour tu découvres un sort qui pourra me planter un balai dans le cul pour me faire voltiger là où je le veux, peut-être j'accepterai de m'élever dans les airs. Cependant, d'ici là, je privilégie le plancher des vaches."

Décidément, Aile-d'or n'en était pas à la fin de ses surprises avec ce malcommode, se dit-il.

Chapitre 8

Le Vent de la Mort

Tout semblait calme au pied des montagnes. Peut-être un peu trop calme, remarqua Feragil à son atterrissage, non loin du village.

D'ordinaire, on observait plus de vie dans la vallée. Les villageois à cette heure sillonnaient encore les rues de gravier du marché à la recherche des derniers produits pour leurs repas. On n'y voyait pas une âme qui vive à des milles à la ronde. Les abords de tous les petits commerces semblaient avoir été désertés depuis quelques jours. On pouvait entendre les oiseaux faire un vacarme inlassable à l'arrivée des voyageurs.

À eux seuls, le brouhaha des animaux aurait dû alerter les citadins. Personne ne surgissait à leur rencontre.

"Personne voit Bino?"

Feragil, en descendant de sa monture, mit la main sur son avant-bras en répondant. "Non. Moi non plus, je ne repère pas personne." Il se retourna pour s'adresser à Noxys et Tamira qui s'étaient posés à proximité d'eux et dit : "Soyez vigilants. D'ordinaire, on aperçoit les villageois sur les chemins près des huttes du marché. Les enfants sortaient de la ville souterraine en accourant à l'arrivée de Bino, elle est une vraie mascotte pour les gens d'ici."

Tamira sauta au sol, la main sur le pommeau de son épée.

Noxys scruta les horizons avec sa vision à longue portée. Après quelques instants, elle finit par dire : "Je ne perçois personne, ni aucun signe de combat. C'est à croire qu'ils ont tout simplement disparu."

Feragil lança un regard à sa monture et elle comprit tout de suite ce que cela voulait dire. Sans exiger d'avantage d'explication, Bino prit son envol afin de réaliser un tour des horizons et de garder un œil vigilant pour le moindre indice de danger.

Tamira voyait Bino gagner de l'altitude et Feragil sortir l'une de ses deux haches croisées dans son dos, et elle demanda : "Est-ce que c'est bien utile autant de précaution si loin des combats?"

Feragil regarda Tamira et répondit : "Nous ne sommes jamais trop prévoyants. Même si nous étions exceptionnellement en temps de paix partout sur la planète, il faudrait garder un œil attentif, car on ne sait jamais quand une embuscade peut survenir. La prudence est mère de sûreté."

Noxys prit les devants et passa entre Tamira et Feragil en disant : "Aussi bien y aller sans perdre une seconde de plus, car je n'arriverai pas à tenir mon ventre discret plus longtemps si je ne dévore pas une montagne."

"Bien," répondit Feragil. "Toi, Noxys, tu vas monter directement aux entrées des cavernes pour scruter le moindre signe de vie."

Noxys, qui n'avait pas ralenti sa course, bondit dans les airs en réponse. Prenant son envol et se dirigeant immédiatement vers la première ouverture du village souterrain.

Tamira partit à courir à la suite de sa dragonne sans attendre les contestations de Feragil, en criant : "Je m'occupe des huttes le long du chemin à droite et te laisse celles de gauche."

Feragil se mordit la langue, on venait de le planter là comme un vieux pruneau à attendre de prendre racine. Les deux novices s'étaient ruées telles deux têtes brûlées pour qui l'on avait ouvert grandes les portes de leurs enclos, sans même regarder s'il n'y avait pas une falaise en amont d'eux. Il soupira longuement. "J'ai encore beaucoup de travail devant moi pour les préparer," se dit-il.

Noxys passait d'une entrée à l'autre tel un bourdon sautant de fleur en fleur. Après avoir inspecté chacune d'entre elles, la dragonne fit volte-face. Elle dit à Tamira par la pensée. "Je crois qu'il y a quelque chose qui ne fonctionne pas ici." Puis s'envola dans l'intention de rejoindre Feragil à mi-chemin entre l'embouchure des grottes et le début du marché qui attendait en bas de l'escalier.

Bino atterrit juste à côté de son compagnon, suivi l'instant d'après par Noxys.

Tamira venait tout juste de finir d'inspecter son côté et rejoignit le groupe juste à temps pour entendre Noxys dire. "Les portes renforcées de métal donnant accès aux Grottes-sans-Fond sont toutes scellées de l'intérieur."

Feragil porta son regard au sommet des marches puis demanda à Tamira. "As-tu vu autre chose qui sorte de l'ordinaire? Car moi je n'ai rien observé de mon côté."

Tamira répondit. "Non, rien, si ce n'est que tout semble désert. Il n'y a pas une âme qui vive sur le plancher des vaches."

Bino n'attendit pas qu'on lui pose la question et elle dit. "Bino pas voir crachat de moucherons dans vent."

Tamira regarda chacun des compagnons les uns après les autres, réfléchissant quelques instants avant de demander. "Aile-d'or, n'était-il pas censé nous rencontrer ici?"

Feragil s'apprêtait à répondre qu'il ne le savait pas. Pourtant, il devrait déjà être arrivé. Puis soudainement, il remarqua que les oiseaux avaient brusquement coupé leurs sifflets. Une odeur très prononcée de soufre envahit l'air ambiant.

Noxys semblait inquiète, ayant senti au même moment l'effluve que le Mains-de-Fer. Tous ses sens étaient en alerte. Elle se mit à scruter le ciel à la recherche du moindre dragon crachant du feu.

Tamira ressentait déjà la crainte de sa monture avant même que le parfum funeste chatouille ses narines. Si l'odorat de ces êtres était plus sensible, celui de Tamira était de loin plus distinct. Elle pouvait sentir un soupçon d'arôme d'œillet blanc mélangé à celui de soufre.

Bino reconnut l'émanation et posa son immense patte sur l'épaule de Feragil en prononçant avec excitation : "Feu Beux, Feu Beux."

Feragil sourit tout en disant : "Ils sont là."

Un vent se leva accompagné d'un point lumineux teinté de bleu qui se forma à leurs côtés, prenant par surprise Tamira et sa monture sur le coup. La sphère initia un vacillement avant de prendre de l'expansion. Ce qui semblait à première vue être des arcs électriques partant dans toutes les directions commença à prendre forme. Plus le globe d'énergie grossissait, plus les arcs électriques prenaient de l'ampleur, dévoilant les détails qui les caractérisaient. Ces arcs étaient en fait l'excès d'énergie des spectres qui s'échappait du portail dans un cri silencieux avant de s'évanouir dans le temps. Tamira avait le sang glacé par la vue de ces visages, les orbites béantes donnant l'aspect de bouches hurlant au désespoir. Noxys recula instinctivement au passage de l'une de ces têtes spectrales qui semblaient foncer directement sur elle.

Les secondes n'eurent pas le temps de filer que le sol se retrouvait recouvert d'un tapis de brume magique. Une sphère se cristallisa en un phénomène ovale instable, juste avant qu'une forme Drumainne n'en émerge de son centre. Le cœur de Tamira se mit à battre ardemment à la vue du premier à en rescaper. Noxys, qui ressentait les émotions de sa cavalière, présenta un sourire en coin. Aile-d'or venait d'apparaître avec sa monture, suivi par un inconnu.

Bino accourut en criant à nouveau : "Feu Beux, Feu Beux." Bousculant Aile-d'or au passage comme s'il était un roseau dans les jambes. Ouvrant les deux bras avec vigueur, passant à deux doigts d'étêter Aile-d'or dans son élan, juste avant d'arracher du sol le vieillard dans une étreinte étouffante.

Le magicien commençait à changer de couleur quand Feragil s'interposa en disant : "Bino, lâche ce vieux épouvantail avant qu'il ne devienne bon uniquement à effrayer les corneilles."

Bino le déposa délicatement à contrecœur avant de s'écarter légèrement.

Tamira regarda Noxys et demanda : "Tu sais qui c'est ?"

Feragil n'attendit pas l'explication de Noxys et répondit : "C'est le grand mage Fléo Bleu."

Tamira, visiblement sous le choc, releva un sourcil. Elle avait entendu parler de cet ensorceleur dans les chansons. Elle le croyait pourtant mort. Non seulement il ne l'était pas, mais jamais elle n'aurait cru avoir l'honneur de se trouver en sa présence jusqu'au moment où il se retourna et ouvrit la bouche pour dire : "La coulée de sève du père a donné de beaux résultats saisonniers. Les printemps sont passés et la fleur qui a éclos est délicieuse." Avec une courbette maladroitement exécutée, qui ressemblait plus à une enjambée qu'à une salutation honorable, il renchérit sur ses propos : "On ne peut pas se méprendre sur votre bagage génétique. Votre beauté et votre parfum demeurent un morceau de gravure à l'image de ma mémoire. Cependant, plus voluptueuse que celle de votre mère."

Tamira rougit, voyant Aile-d'or afficher un petit sourire amusé en coin.

Se retournant vers Feragil, le mage lui enchaîna tel un vieux complice : "Et toi, dis-moi, qu'est-ce que tu t'es fait? Ta fourrure grisonne plus que mon poil de poche."

Feragil, plaisantant, répondit : "Tu n'as toujours pas appris à diluer ton vocabulaire coloré à ce que je vois. J'aimerais bien rattraper le temps perdu, toutefois la beuverie devra attendre. On n'a toujours pas vu âme qui vive à mille lieues à la ronde et les portes de la ville sont scellées."

Les rides de Fléo Bleu perdirent toute énonciation de joie.

Chapitre 9

Cru à Point

Un brouillard mystérieux s'était installé dans la vallée avec la tombée de la nuit, accompagné d'un silence macabre. Plusieurs heures s'étaient éclipsées depuis l'arrivée des voyageurs, et ils n'avaient toujours pas vu ni entendu un seul villageois.

Bino effectuait le guet en hauteur, sur l'une des crêtes surplombant les portes. Là où d'ordinaire les vigiles du village montaient la garde, dos à la plus petite entrée qui donnait accès à une chambre des armes. Cette crête étroite avait été conçue de façon à pouvoir accueillir au maximum deux sentinelles en position de force, sans aucune marche pour y grimper, à portée d'un arsenal imposant.

Tamira avait escaladé à plusieurs reprises les marches qui serpentaient le long des falaises des montagnes, en vain. Aucun portail ne s'était déverrouillé. Fléo Bleu avait insisté sur l'inviolabilité des entrées de la cité souterraine. Il avait conclu en déclarant : "On dit de cette ville qu'il est plus difficile d'ouvrir ses portes et d'y pénétrer que les cuisses d'une vierge effarouchée." Au lieu de tenter de forcer le passage, Feragil et le mage avaient monté un campement temporaire au pied des montagnes, près de l'entrée du marché.

Noxys pouvait sentir l'impatience de sa cavalière grandir à chaque battement de cœur. L'excitation de l'aventure avait cédé la place à une frustration intérieure. Pourquoi devaient-ils rester en ces lieux et attendre que les portes s'ouvrent? C'était l'interrogation qui résonnait comme un écho lacérant le temps. Son frère était quelque part, perdu, et eux gaspillaient un temps précieux devant ces portes fermées à double tour. Si seulement il y avait une porte dérobée ou la moindre crevasse exploitable. Cependant, les lieux étaient une véritable forteresse scellée tel un tombeau entassé sous des tonnes de pierres et de terres. Renforcée pour servir de dernier rempart de la première Grande Guerre, cette ville avait été conçue pour survivre à un siège plus long que le temps de gestation d'une nouvelle génération de Drumain.

Aile-d'or était parti faire le tour des bois environnants, à la recherche du moindre indice afin de découvrir l'origine qui poussait les habitants à se cloîtrer derrière les portes de la cité. Ils semblaient avoir laissé le marché à la portée de tous, sans aucune supervision, sans vider la moindre étagère. Aucune marchandise n'avait été emportée. Aile-d'or n'avait pas trouvé une seule trace de combat, ni une seule brindille déplacée ou cassée. Sa réputation de pisteur et de fin tacticien n'était plus à faire. Pourtant, il ne voyait rien justifiant à première vue un départ subit.

Tamira se retrouvait assise à mi-chemin dans les marches. Elle était assez près pour apercevoir Noxys rire autour du feu en compagnie de Feragil et Fléo Bleu. Cependant, elle était aussi suffisamment éloignée pour ne pas entendre sur quoi portait leur conversation. Elle rabattit sa cape sur ses épaules pour conserver sa chaleur après avoir ressenti une légère brise qui lui avait provoqué un frisson. Son regard était fixé plus particulièrement sur le vieux mage, et elle se mit à se parler à elle-même. "Quel spécimen, ce vieillard! Et dire que ce patriarche serait un héros de guerre. Difficile à concevoir avec un tel manque de savoir-vivre et de tels clichés vulgaires."

À ce moment-là, elle sentit le bijou à son poignet se détendre progressivement. Tamira s'était habituée à voir Note s'imposer telle une véritable boule d'énergie, atteinte d'un syndrome de Tourette. Avait-il conscience qu'elle n'était pas dans l'état d'esprit pour servir de piste de course à un rat qui aurait reniflé une trop grande quantité de sucre?

Note descendit du poignet pour s'établir sur le genou de sa gardienne. Il ouvrit la bouche pour dire d'une tonalité sensiblement mielleuse qui ne résonnait en rien comme la petite créature qu'elle avait appris à connaître au cours des derniers jours : "Note le connaît. Note doit dire, il faut connaître par quel chat d'aiguille un homme a dû se faufiler pour comprendre quelle blessure il a dû recoudre. On a tous des vêtements déchirés dans notre garde-robe qui languissent pour qu'on les répare."

Tamira était un peu déconcertée par la tournure énigmatique des paroles de Note. "Peux-tu être moins claire? Je te comprends trop là."

Note ouvrit la bouche, mais au lieu de parler immédiatement, il fit une pause. Inclinant la tête, il réouvrit la bouche pour dire quelque chose, puis se figea de nouveau sans prononcer de mots. D'un élan vif, la petite créature bondit et atterrit sur l'épaule de Tamira. Il prit une grande inspiration avant de se laisser retomber, s'asseyant. Puis il commença à articuler : "Note a compris, jeune maîtresse faite de l'ironie. Note veut dire que le grand nécromancien a vécu plus longtemps que son espèce n'aurait dû le permettre hors du temps, et Note a remarqué qu'il a consacré une importante partie de sa vie à étudier et sur les champs de bataille. Il n'a donc jamais eu le temps de se lier avec d'autres, et Note comprend que Fléo ne fait pas de détour pour exprimer ce qu'il pense. Note l'a toujours connu pour être direct, sans pudeur. Ses cicatrices sont plus profondes et nombreuses que les cratères ridés de sa chair."

Tamira écouta Note avec intérêt et intriguée, puis lâcha : "Je présume que tu dois avoir raison, mais là encore, à quoi bon d'avoir été chercher cet homme? Il possède de toute évidence un pied plus près de la tombe que de l'étrier."

Note s'étira de tout son long puis s'adossa confortablement dans le creux de la nuque de Tamira, abrité par le capuchon de sa cape. D'un timbre réconfortant, Note répliqua : "Note ne connaît pas l'âge exact de ce mort. Note sait qu'il n'est pas un Drumain ordinaire. La raison qu'il n'est pas à Note de dire, même si Note l'a noté. Note souhaite que sa maîtresse comprenne que le cœur du sage est tourmenté plus que tout autre nécromancien."

Les caresses de Tamira se posèrent sur la fourrure de la queue de Note qui dépassait du bord de son capuchon. Elle appréciait cette conversation paisible avec son compagnon, une rareté depuis leur rencontre. Cependant, une question la brûlait et Note sembla la devancer en disant : "Note comprend que vous aimeriez en savoir plus. Pourquoi Note affirme-t-il que son tourment est plus profond que celui des autres nécromanciens. Tamira sait bien que le pouvoir des morts exige un grand sacrifice, des heures passées à étudier les âmes et ces âmes murmurent constamment à leurs possesseurs." La petite créature fit une pause, hésitant à poursuivre, se demandant si elle devait dévoiler ce secret.

Tamira rajouta. "Je sens que tu ne me dis pas tout."

Note soupira, résigné, et continua. "Note doit commencer par le nom Fléo Bleu. Bleu lui vient de la signature énergétique bleue qui est unique à son pouvoir."

"Et Fléo, dû à sa cruauté?" Demanda Tamira.

Si quiconque avait pu voir autre chose que des petits yeux embrasés de la créature briller dans le noir, il aurait remarqué un petit sourire exceptionnellement mal à l'aise qui les accompagnait. Il reprit quand même le fil de son histoire. "Note n'a jamais vu Fléo comme un homme cruel. Non, non. Note sait bien que le mage est aussi tendre que le gâteau soufflé de son ancienne maîtresse. Fléo n'est pas ce qu'il inflige aux autres, mais ce qu'il s'inflige à lui-même. Il n'y a pas que les âmes des morts du passé qui lui murmurent aux oreilles, mais l'agonie et la détresse de toutes les âmes. Toutes les âmes du passé, du présent et du futur."

Tamira dit. "Je crois que je comprends. Je ne peux qu'imaginer le prix qu'il doit endurer pour une telle puissance, mais pourquoi s'infliger une telle souffrance uniquement pour le pouvoir?"

Note, attristé, répondit. "Note dit que maîtresse ne comprend pas encore. Le Fléo n'a pas fait cela pour le pouvoir."

Surprise, elle demanda. "Mais pourquoi s'infliger un tel calvaire si ce n'est pas pour la cupidité d'une puissance superflue?"

Note, compatissant, répliqua. "Note a noté la raison pour laquelle Tamira a entrepris ce voyage avec tous les risques que cela engage. C'est pour l'amour de son frère. Fléo Bleu a effectué le même choix. Il a pris cette voie pour sauver l'amour de sa vie. Par contre, son sacrifice n'a pas pu épargner l'être aimé et depuis ce temps, elle lui murmure à chaque instant de sa vie à l'oreille ses souffrances et sa douleur. Et chaque jour, la mort elle-même le nargue en foudroyant la semelle de ses souliers sans le frapper de plein fouet, lui laissant la vie. Il a beau courir après la mort, elle lui échappe toujours et se moque de lui."

Tamira ne regarderait plus ce personnage de la même façon. On lui avait ouvert un rideau sur ce visage funeste. Sa mère avait l'habitude de dire que chaque être vivant ressemblait aux mondes célestes, et elle venait d'entrevoir le visage caché de la lune chez cet homme. Il restait sûrement tout un univers à découvrir.

Note sortit de sa tanière, s'inclina pour dire. "Note doit reprendre ses énergies et suggère que dame prenne exemple." Sans attendre de réponse ni d'opposition, la petite créature disparut à toute vitesse pour renouer avec sa forme au bras de Tamira.

La température avait chuté drastiquement de plusieurs degrés. Tamira était restée assise sur la pierre encore un bon moment, prise dans sa cogitation, elle n'y avait pas porté d'attention. Regardant Aile-d'or apparaître dans le rayonnement du feu situé dans le campement improvisé. À ce moment-là, elle décida de bondir sur ses pieds. Elle partit en silence en vue de se faufiler à la rencontre de sa couchette, qui avait été préalablement disposée par Feragil.

Chapitre 10

Attention, ça Mord

Une petite quantité de neige était tombée au sol au cours de la nuit, laissant une fine couche blanche recouvrant les environs. L'hiver n'était pas encore parti de là et cette minuscule couverture de froid se trouvait bien en avance sur sa saison. On pouvait s'attendre à des complications si la température décidait de tourner le coin avant d'arriver au bout du chemin. Aile-d'or avait gagné au tirage au sort le dernier quart de garde, qui approchait à sa fin. Confortablement assis sur son griffon depuis la crête de vigie, caché sous son capuchon, il n'avait pas fermé l'œil. Rien ni personne n'avait bougé.

Tamira dormait à poings fermés sous le petit chapiteau de branches qui l'avait gardée à l'abri des précipitations. Sa dragonne était juste à l'extérieur, formant un mur de chaleur tout autour, coupant la moindre rafale de vent. Seule sa tête arrivait à entrer par l'ouverture de l'abri. À chaque expiration de Noxys, une légère brise de chaleur se faisait sentir, réconfortant le sommeil de sa cavalière.

Le sorcier avait invoqué un dôme de protection sinistre là où il s'était installé. On ne voyait rien, si ce n'est qu'une ombre au sol. Typique de la magie nécromancienne, cet obscur ombrage donnait froid dans le dos, à chaque fois que le regard d'Aile-d'or croisait l'endroit.

Feragil gisait au sol, adossé au feu qui perdurait en un petit amoncellement de braises. La chaleur avait suffi à faire fondre la neige qui s'était déposée sur le dos de sa cape, mais elle recouvrait le côté caché de sa morphologie.

Bino, quant à elle, s'était réfugiée à proximité des lieux, dans l'arbre le plus haut à quelques coudées du sommet. À intervalles réguliers, on pouvait la voir battre des ailes afin de rétablir l'axe du tronc qui avait tendance à fléchir lentement sous le poids de la créature.

Un petit bruit à peine perceptible se fit entendre, attirant l'attention d'Aile-d'or en direction de l'une des entrées. Il ne percevait rien dans l'angle de là où il se situait, par conséquent, il décida de réveiller sa monture. Le griffon dormait paisiblement, la tête profondément emmitouflée sous l'une de ses ailes.

Le fauve à quatre pattes se leva en bâillant et tout en étirant ses grandes ailes. Avant qu'Aile-d'or soit à même d'enjamber sa monture, la créature se secoua vigoureusement afin de se défaire des flocons qui s'étaient accumulés en partie sur sa fourrure et ses plumes.

Aile-d'or lui pointa l'entrée par laquelle on percevait le bruit qui résonna en écho, tout en lui expliquant la marche à suivre par les émotions. L'animal lâcha un petit cri sourd de son bec avant de se précipiter dans le vide avec son cavalier.

À l'approche de l'abord de la caverne, le griffon dut freiner sa descente au dernier instant et bifurqua de sa parcours avec un battement d'ailes toutes-puissantes. Un jeune enfant castorien jaillit de la bouche d'entrée. Se tenant directement dans la trajectoire où devait atterrir le colosse. L'enfant traînait dans ses bras une minuscule loutre aux dents de castor acérées. Inconscient du danger qui venait tout juste de l'effleurer, le gamin s'était figé brusquement, à la seconde même qu'un hurlement d'une femme affolée se fit entendre. Provenant de derrière le petit Castorien, toujours tapi dans l'ombre de l'excavation, on entendait quelqu'un accourir à toute allure. Le cœur de la bête s'emballa à l'approche de la falaise rocheuse qu'elle n'eut qu'une fraction de seconde pour décrocher, pour une deuxième fois d'affilée. Le griffon dut altérer sa trajectoire afin d'éviter de s'affaisser de plein fouet.

Aile-d'or expira un grand coup de soulagement en regardant derrière lui, juste à temps pour voir une jeune femme trapue sortir et enlacer le petit bambin dans ses bras. Visiblement, la Castorienne gisait encore sous le choc de l'accident qui fut évité de justesse. L'enfant, quant à lui, semblait se demander pourquoi tant d'émotion, n'ayant vraisemblablement rien compris à ce qui venait de se passer.

Le griffon exécuta un tour de survol avant de se poser plus légèrement près des habitants des lieux. La dame eut un mouvement craintif de recul, entraînant le petit garçon avec elle.

Hormis la vision d'horreur qui fut évitée de justesse, qui flottait encore dans l'imaginaire d'Aile-d'or, il ne comprenait pas la réaction méfiante de cette femelle. À l'image des portails de la cité souterraine qui s'étaient révélés fermés à double tour, une raison bien plus profonde devait perturber l'état typiquement chaleureux et accueillant des familles de la région.

L'enfant s'échappa de l'emprise de son parent qui n'avait pas lâché Aile-d'or du regard. Il courut en direction du griffon, la loutre à moitié étouffée entre ses bras, en hurlant d'excitation. "Regarde maman ce que la neige nous a apporté avec elle. Un beau gros oiseau."

La mère, toujours méfiante, implora son fils d'une voix anxieuse de rester en retrait, auprès d'elle. Longtemps hésitante, elle semblait prête à courir se réfugier à l'abri tout en criant à l'aide. Aile-d'or pouvait sentir la frayeur de la dame qui lui arrivait qu'à la hauteur de la hanche. Tremblants à l'image d'une grenouille qu'on aurait survoltée sur une tension électrique. La femme parvint à récupérer l'une des mains du garçon. D'un mouvement subtil, elle le rapatria auprès d'elle, sans lâcher l'inconnu des yeux.

Aile-d'or, sensible au désarroi de la dame, ouvrit les mains délicatement, puis rabaissa son capuchon tout en disant d'une voix des plus rassurantes. "Nous ne vous voulons aucun mal. Je me nomme Aile-d'or."

L'enfant ignorant sa mère qui cherchait à le tirer discrètement, regarda Aile-d'or et se mit à le bombarder de questions surexcitées. "Est-ce que c'est votre monture? Comment s'appelle votre gros oiseau? Est-il gentil? Est-ce que je peux le flatter? Va-t-il me mordre? Est-il capable de parler?"

Aile-d'or porta son attention au petit. Point après point, il lui répondit dans l'ordre qu'il les eût demandés. "Oui, c'est mon compagnon de vie et ma monture. Il ne quitte jamais mes côtés. Et non, ce n'est pas un oiseau, mais un griffon. Et il n'a pas de nom, car il est muet depuis sa naissance. Il n'a jamais voulu prendre de nom. Et si tu es délicat avec lui et tu le lui demandes gentiment, il va te laisser le caresser. Si et seulement si, ta mère te le permet."

Le petit revint à la charge avec de nouvelles questions. "Comment ça? Pas de nom? On a tous un nom. Et comment ça? Il est muet." Prêtant attention à son parent pour la première fois, il se retourna pour solliciter sa mère. "Dis maman, je peux caresser le gros oiseau? Tu me lâches, s'il te plaît, que je puisse caresser ses belles plumes!" Voyant que sa mère ne répondait pas, il reprit. "Dis oui, maman! Allez, allez, dis oui…"

La femme échangea un regard avec l'individu pour la première fois. Elle reporta son attention sur son enfant et d'une voix chancelante, elle répliqua. "Je ne sais pas, mon grand, si c'est une bonne idée. Ni si l'on peut leur faire confiance. On ne les connaît pas."

Les premières lueurs du jour commençaient à se montrer à l'horizon.

L'intérêt du gamin fut attiré par une grande masse qui s'approchait en silence près du marché, derrière les deux inconnus. D'un timbre de voix survolté, en pointant au loin, il cria. "Oui, oui, maman! Regarde! C'est Bino. Bino est avec eux."

Sa mère lâcha l'enfant en cherchant à voir où il venait tout juste d'indiquer. Sans attendre davantage d'arguments, le petit en profita pour passer telle une anguille entre les pattes d'Aile-d'or et prit la poudre d'escampette dans les escaliers, à la rencontre de la Gouaillée.

La mère, toujours méfiante, n'ayant pas réussi à voir derrière Aile-d'or, s'écria d'un ton paniqué. "Non Tident, reste ici!" Dans une ultime tentative de rattraper l'enfant qui s'échappait à vive allure dans les marches, elle tenta de bousculer Aile-d'or hors de son chemin. Solide comme le roc sur ses deux jambes, Aile-d'or eut l'impression d'avoir été heurté par un petit caniche trop pressé pour passer. La femme dans sa course se retrouva déséquilibrée et tomba à la renverse sur son postérieur.

Aile-d'or jeta un coup d'œil afin de s'assurer qu'il s'agissait bel et bien de Bino au loin, juste avant de tendre la main à la petite Lilliputienne, en demandant. "Je n'ai pas bien saisi votre nom, ma chère dame."

La femme frustrée de ne pas avoir réussi à bouger à temps Aile-d'or afin d'agripper son malcommode, riposta. "C'est bien simple. Je ne vous l'ai tout simplement pas dit." Ignorant la main qui lui était présentée, la Castorienne se releva par ses propres moyens. En reprenant d'un ton déterminé, elle répliqua. "Tassez-vous de mon chemin, si vous ne voulez pas que je vous morde. Il faut que je puisse rattraper ce petit insouciant, avant que malheurs ne lui viennent."

Chapitre 11

Le Fond du Baril

Note se réveilla écrasé sous le poids de Tamira en prenant sa forme vivante. On aurait pu croire qu'il aurait tôt fait de s'aplatir tel un œuf fissuré ou encore de réveiller sa maîtresse en se métamorphosant. Cependant, Tamira était partie loin, très loin au pays des rêves. Plongée dans l'un des rares sommeils réparateurs qui se présentent dans de très rares moments depuis la nouvelle de ses défunts frères et de son jumeau disparu.

La breloque se retrouva confrontée à un véritable parcours du combattant. Il cherchait à sortir en douce sans attirer l'attention. Telle une aiguille émoussée s'efforçant à traverser une double épaisseur de couenne de cochon. Note tira de toutes ses forces avec ses minuscules bras qui avaient enfin réussi à se frayer un chemin jusqu'à l'air libre, enfonçant les serres des plus creuses possibles dans le sol. Avec un peu de tiraillement par-ci, par-là, suivi d'un ultime effort, la petite bête finit par se dégager. Ouvrant les yeux, il faillit lâcher un cri de stupeur en voyant le visage de Noxys à moins de deux longueurs de lui. Si ce n'était pas par réflexe spontané, de se bâillonner la gueule en plaquant ses deux courtes pattes sur la bouche comme s'il voulait avaler une mouche. Une fois l'émotion de surprise passée, Note relâcha l'étreinte avec une grande expiration. Au moment de déguerpir, il sentit sa queue encore coincée. Il tenta de la délivrer avec l'énergie de la vitesse, mais c'était peine perdue. Dans une ultime tentative, il l'agrippa fermement de ses mains, suivi par une grande inspiration, puis il tira de toutes ses forces. La sueur ruisselait sur son front. "Allez, dégage-toi." Dit-il entre ses dents. Et tout à coup, la queue se libéra, laissant quelques poils sous le ventre de Tamira. Note se sentit perdre l'équilibre sous la force du recul, qui l'envoya valser telle une noisette en roulade pour finir son parcours, la tête coincée dans la narine de Noxys.

La dragonne qui dormait paisiblement se fit réveiller brusquement sous le coup de l'impact. Ne sachant pas quelle mouche l'avait piquée. Avec des difficultés à respirer, elle prit une profonde inspiration, qui n'eut pour résultat que de coincer encore plus profondément la petite boule nuisible dans la grotte à morve. Le canal respiratoire semi-encombré, les poils de Note la chatouillaient. Noxys, en panique, se releva en criant. "J'arrive plus à respirer." En se tapant à répétition sur le museau, risquant d'assommer l'intrus à chaque coup. Dans l'affolement, elle accrocha au passage l'abri de fortune qui tomba sur Tamira.

Note, qui ne voyait plus rien à l'exception d'une paroi muqueuse, s'était retrouvé coincé tel un obus chambré dans le canon d'une arme. Il commençait à paniquer à son tour.

Les cris réveillèrent Feragil, qui bondit avec la fougue d'un jouvenceau, hache à la main.

Tamira, qui finit par se dégager des décombres, secouée par le réveil brutal, était pourtant prête à courir au secours de sa monture. Elle interrompit son élan au moment même où elle aperçut une petite touffe qu'elle reconnut immédiatement. Il semblait se démener pour sortir de la fâcheuse situation dans laquelle il s'était mis. Devant l'évidence des circonstances, Tamira, s'esclaffant à tout rompre, n'arrivait plus à se mouvoir. Dès qu'elle parvenait à étouffer son ricanement pour s'étirer et dégager Note, le fou rire incontrôlable reprenait de plus belle. Tamira se retrouvait pliée en deux à nouveau, les larmes vacillant sur la falaise aux abords de ses joues menaçaient de s'y précipiter à chaque dilatation, laissant encore plus longtemps les deux amis coffrer ensemble.

Feragil, qui s'était rapproché, demanda. "Qu'est-ce qui se passe?"

Noxys, affligée, avait finalement compris ce qui lui arrivait et à chaque inspiration vit son désarroi s'enfouir un peu plus.

Noxys pivota face à Feragil en hurlant. "C'est encore ce touche-à-tout de Note! Il n'arrête pas de se prendre pour un papier mouchoir à chaque occasion où il s'approche de moi. Il s'est enfoncé dans mon nez et n'arrête pas de me lacérer les parois et par le fait même, les nerfs." Sur un ultime cri de désarroi, elle réclama. "Sortez-moi ce suppositoire nasal du nez."

Feragil, à la vue de Noxys, éclata à son tour d'un fou rire caverneux incontrôlable.

La dragonne, qui cherchait à retirer le corps étranger, dit d'un ton congestionné. "Toi aussi? Vous n'êtes pas sérieux! Ce n'est vraiment pas drôle."

Feragil arriva tant bien que mal à regagner juste assez de contrôle, le temps de dire. "Noxys, ne t'en fais pas, ce Nez rien!" Dit-il en pointant son propre nez. "Tant qu'il ne lâche pas une flatulence. Tu ne le sentiras pas plus." Comme s'il venait de jeter de l'huile sur le feu, Tamira et lui redoublaient de rire.

Le feu était pris aux poudres, l'explosion était imminente. Noxys était sur le point de s'opérer elle-même à coup de griffes si personne ne venait à son aide. Un éclair de génie traversa l'imaginaire du condamné qui beugla de toutes ses forces, espérant être entendu. "Note t'avertit, Note dit, attends-toi à éternuer un bon coup. Note, Note, Note."

Noxys tenta de bloquer le hurlement qui lui écorcha les tympans. Elle arracha deux petits buissons à ses côtés pour les enfoncer le plus ardemment possible dans les orifices de ses oreilles. Peine perdue, l'écho rebondissait de l'intérieur, dans tous les recoins des caniveaux de sa boîte crânienne. Pour cause, l'intrus n'aurait difficilement pu apparaître plus intime l'un avec l'autre. À moins de servir de gueuleton, ce qui risquerait d'apporter une saveur plus que ferreuse à la conversation.

Note se démenait tel un petit diable. Les phalanges qui avaient repris une touche soyeuse, les griffes qui s'étaient retranchées sous le pelage. À coups de fustigations sur les parois muqueuses de la dragonne, chatouillant une riposte des plus énergiquement hasardeuse, qui tardait à se faire ressentir et sut se faire désirer.

Noxys, qui s'était mise à renifler aux quatre vents, sentit l'espoir monter en elle. "Comment cette peste a-t-elle bien pu se loger là?" pensa-t-elle, juste avant d'éternuer de toutes ses forces.

Note se mit à sentir les muscles se contracter, l'air avait remonté les poumons à une vitesse fulgurante, exerçant une pression sur la tête de la créature, tel un champagne qu'on aurait trop agité. Une sensation visqueuse se fit éprouver tout autour de Note qui se retrouva rapidement englué de morve teintée d'une odeur de soufre. Il commença à se sentir remuer, néanmoins la poussée n'avait pas suffi à le dégager d'un coup. Une seconde inspiration puissante remonta l'intrus par surcroît, avant d'être suivie par un éternuement encore plus redoutable que le précédent, propulsant le petit projectile qui aurait déplumé un canard en plein vol.

Note cria avec l'excitation d'un enfant dans un parc d'attractions. "Oui…" Avant de disparaître sous la couche de neige.

Fléo Bleu sortit de sa bulle de sécurité et réapparut sur le plan matériel, juste à temps pour voir Note ressortir quelques lieues plus loin d'où il s'était enfoncé dans le tapis blanc. Note regarda dans toutes les directions telle une girouette avec un sourire évident en disant. "Note a trouvé ça très amusant! Je ne crois pas que Noxys va accepter que Note recommence! Eh, Tamira?"

Noxys fixa sa cavalière, la bouche béante, cherchant à rassembler ses idées afin de parvenir à formuler une phrase qui pouvait exprimer la tempête d'émotions qui l'envahissait. Elle se contentait naïvement de pointer la petite tête qui sortait telle une jeune pousse arborant une expression d'idiot enjoué en pensant simplement. "Tiens cet énergumène loin de moi, sans cela, tu risques de le retrouver sous la forme d'une pelle à purin au lieu d'un bracelet."

Avant même que Tamira puisse répondre, on entendait des exclamations de joie provenant de l'arrière d'elle, qui se rapprochaient rapidement, attirant l'attention de tous les voyageurs.

Bino se dirigeait en direction du groupe qui s'était amassé autour de Note. Il lançait un petit garçon dans les airs d'une main et le rattrapait comme s'il s'agissait d'une simple balle. Le gamin, propulsé à des hauteurs vertigineuses, ne semblait aucunement s'inquiéter et criait de réjouissance, réclamant davantage.

Aile-d'or atterrit près de ses camarades, chevauchant son griffon, accompagné de la Castorienne. Tout en déposant la dame au sol, il déclara. "Nous devrions être en mesure d'entrer au village et faire la lumière sur la situation qui se présente ici."

Fléo Bleu suivit en disant. "Il était temps. J'étais désespéré d'obtenir autre chose à boire que la chaude pisse achetée à la taverne de mon patelin." D'un geste ravi, il empoigna sa flasque en cuir attachée à sa taille, retira le liège de l'embout et prit une bonne lampée qu'il avala goulûment. Sans aucune mesure de politesse, il relâcha un rot, puis vida le reste du contenu sur la tête de Note en passant, en disant. "Tiens… Cela devrait t'aider à enlever tout le jus visqueux sur toi. Tu as l'air d'une expectoration au beau milieu d'un mouchoir en papier."

Note réagit aux premières gouttelettes, dit d'un ton surpris. "Hé… Que fais-tu, à Note?" Sa surprise laissa aussitôt par une nuance ravie. "Ah, oui… Note te remercie." Il se nettoya comme s'il était sous la douche.

Feragil s'approcha de la petite Castorienne. À la venue du Mains-de-Fer, la villageoise lui présenta une révérence, la main sur le cœur. S'agenouillant face à elle en guise de respect, il la salua en disant. "Vous brillez de mille soleils, Mazily."

"Bel éclat, mon grand ami," répondit la dame. Puis, se tournant vers le mage, elle ajouta. "Le soleil nous apporte l'ombre du futur, néanmoins je vous souhaite un bel éclat, à vous également."

Noxys se rapprocha de Tamira en chuchotant. "C'est quoi toutes ces allusions au soleil et aux éclats?"

Tamira, qui resta concentrée sur la conversation, répondit d'une voix suffisamment audible pour atteindre sa dragonne et dit. "C'est leur façon de saluer. Les habitants de la Grottes-sans-Fond vivent sous terre, et à chaque sortie, ils louangent le ciel et les rayons du soleil. Dans leur culture, les résidents des villages souterrains prennent pour habitude de remercier la lumière naturelle et le fait qu'ils sont encore en vie. C'est une expression de soulagement, indiquant qu'ils n'ont pas été pris au piège d'un effondrement de grottes. Du moins, c'est ce que j'ai lu dans les livres."

La femme interrompit Tamira pour continuer l'explication. "Il y a eu, il y a plusieurs générations, un affaissement d'une partie des tunnels. Au cours de cet événement, bon nombre de mineurs se sont retrouvés ensevelis, et depuis ce jour, nous saluons avec des éclats de bonheur ceux que nous reconnaissons."

Ayant attisé davantage la curiosité d'Aile-d'or, il demanda. "Les Castoriens ne sont-ils pas les meilleurs sapeurs souterrains avec les Nains des profondeurs?"

La dame, qui n'apparaissait pas très âgée, releva le menton et répondit avec la sagesse d'une aînée. "Sache, jeune Drumain, que l'expertise et l'adresse ne sont pas garanties d'exemption de bêtise et d'erreur."

Feragil posa son regard sur son compagnon en annonçant. "Nous en reparlerons davantage plus tard." Revêtant un regard sérieux, il porta son attention sur Mazily pour demander. "Nous avons remarqué qu'il y avait quelque chose qui n'allait pas. Peux-tu nous révéler pourquoi personne n'est au marché et pourquoi toutes les portes de votre cité sont fermées?"

La dame mit sa main sur la cuisse de son interlocuteur, faute d'apparaître assez grande pour la poser sur son épaule, et dit. "Je ne crois pas être la mieux placée pour vous transmettre l'information sur le sujet. Nous devrions nous rendre au fond du baril."

Aile-d'or, répéta. "Le fond du baril?"

La réponse ne se fit pas attendre. Le vieux mage ouvrit la marche en déclarant. "Simplement la meilleure taverne du continent. C'est là que tu vas trouver l'inégalable alcool de sueur de fruit de grottes au monde."

Tamira se pencha avant de les suivre et saisit Note du bout des doigts, avec un regard de dédain, tout en disant. "Et toi, mon cher ami, tu reviendras à mon poignet seulement après un bon récurage avec une brosse de crin."

Ballotté tel un chaton dans la gueule de sa mère, Note sourit sans prononcer une seule syllabe.

Chapitre 12

Pas de Dents

Le groupe de voyageurs fut mené à l'embouchure de l'une des entrées principales. Étant d'une stature plus imposante, allant de deux à dix fois plus importantes que celle des Castoriens, aucun d'entre eux n'aurait pu se faufiler dans les galeries plus étroites.

Après avoir franchi l'arche d'entrée, un chemin de pierre de marbre blanc pavait le sol sur une distance d'environ cinquante coudées. À l'opposé du corridor, on pouvait apercevoir deux immenses portes faites d'un alliage exceptionnel, qui n'était travaillé qu'à deux endroits sur Dritarinus. Ce métal était estimé comme l'une des matières les plus dures et malléables de la planète. Seules les dents des Castoriens surpassaient la dureté de cet alliage, et la corne des licornes dont la dureté éclipsait celle de tous les autres matériaux connus. Les armures que portait Tamira ne figuraient pas sur cette liste étant donné qu'elles étaient peu connues et faisaient partie de certaines légendes des guerres passées.

Note, toujours pendouillant au bout des doigts de sa maîtresse, se mit à dépeindre les lieux tel un guide touristique. "Note a noté l'histoire de cet endroit. Nous voyons le grand portail de la cité des Grottes-sans-Fond fait de carbone diamanté." La petite créature plongea son bras dans le néant d'une autre dimension, imperceptible à tous. À la seule exception du mage, qui pouvait percevoir un portail orange qui s'était formé juste avant que Note y récupère un livre.

À chaque fois que le mage avait vu ce tour de magie, il rêvait de pouvoir accéder à cette bibliothèque mentale, que seule cette créature possédait. Étant lui-même un rat de bibliothèque, il n'aurait pu résister à l'archipel de connaissances. Ces îles d'ouvrages à la dérive, provenant d'un être si unique, qui n'oublie rien et consigne tout dans les moindres détails. Se retrouver dans une librairie qui défiait le monde du savoir, et cela sur des générations, le faisait saliver. À la moindre apparition, il ne pouvait s'empêcher de caresser l'idée de cet endroit, peu importe où elle siégeait, elle détenait peut-être les réponses à toutes ses questions.

Note ouvrit le livre qui s'était matérialisé tel un spectre dans ses mains, lisant à voix haute les mots écrits dans une langue inconnue. "Un cadeau offert par les Nains des profondeurs aux Castoriens à l'époque de la construction des premiers remparts de la cité. Sur l'une des portes est sculptée une loutre, l'ami dévoué et compagnon des Castoriens. Et sur l'autre porte, on apercevait l'Ourse en armure, fidèles gardiens du Nain. En occurrence ici, quoiqu'on ne le voie pas, on peut croire que l'ourse représentée est un grand noir. Tels sont ceux de la communauté des Nains des profondeurs."

Noxys, qui était encore dans tous ses états, se serait bien passée de ce guide touristique qui lui avait hérité des narines et qui lui héritait désormais les tympans. Elle chérissait l'idée de lui souder une plaque de ce fameux composite. Un gigantesque sourire s'afficha sur son visage, imaginant la petite peste en forme de breloque, un carreau de métal fusionné aux lèvres et des chaînes aux pattes, la contraignant de parler et de bouger.

Note, voyant le visage de la dragonne, crut à tort qu'elle souriait en réponse à ses remarques. Il décida de continuer son cours d'histoire en y ajoutant davantage de détails. "La porte fut posée quelque temps avant l'effondrement de l'aile ouest, qui prit bon nombre de vies dans les deux colonies. À partir de cet incident fâcheux, les Nains des profondeurs et les Castoriens furent pris dans une grande dispute violente qui coûta davantage de vies. Les Nains accusèrent les Castoriens pour la tragédie, et les Castoriens tenaient les Nains pour seuls responsables. Suite à cela, les deux clans mirent fin à leurs alliances légendaires. Les Nains de profondeur prirent leurs paquetages et partirent de leur côté vers une autre contrée, là où ils ont…"

Mazily, qui était demeurée attentive, interrompit Note avec ressentiment en alléguant. "On sait tous que c'était la maladresse de ces Nains puants qui a coûté la vie à mes ancêtres ce jour-là."

"Note ne s'exprimera pas là-dessus. Note sait que le sujet est délicat. Note a déjà noté cela," dit-il en changeant de sujet. "Note a toujours aimé ces menues créatures velues qui éclairent le couloir le long des parois de chaque côté du tunnel."

Une lueur éclatante, bleu-turquoise émanait de centaines de petites chenilles. Elles tapissaient les murs à perte de vue. On pouvait se déplacer sans le moindre désagrément, tant l'espace était spacieux pour une galerie creusée dans la pierre. Seule Bino devait parfois baisser la tête pour ne pas y laisser quelques poils en passant.

Note avait finalement cessé toute forme de conversation, ayant épuisé tout son répertoire de connaissances sur la conception et l'écosystème de tout ce qui existait dans le long parcours du passage. À l'approche de chaque croisement, Mazily n'avait pas le temps d'indiquer le corridor à suivre que Note s'empressait de relancer son encyclopédie verbale, expliquant dans tous ses moindres détails chaque couloir. Au grand désarroi de tous, jusqu'à ce qu'ils entendent prononcer les mots. "Note est ravi de vous annoncer! Nous arrivons au bout du voyage."

Les compagnons pouvaient enfin voir la fin du tunnel et avec cette vision s'accompagnait une fraîcheur dans l'air ambiant, légèrement parfumée. L'ouverture qui donnait accès à une gigantesque ville souterraine, creusée à même le roc, s'exhibait devant eux. Le plafond fourmillait de petites créatures luminescentes qui généraient un éclairage pratiquement aussi vif qu'un soleil tamisé. Chaque seconde, l'une des petites âmes s'éteignait, puis tombait en chute libre jusqu'au sol, avant d'être récoltée par un Castorien à proximité. Sur chaque paroi extérieure, on voyait une végétation dense truffée de petits fruits clairsemés parmi les feuillages qui s'élançaient du sol au plénum rocheux. Les immeubles, pour la plupart, étaient creusés eux aussi à même la pierre de la montagne. Certaines gemmes précieuses naturellement coincées directement dans la roche avaient été laissées en place, servant de puits de lumière aux villageois. Les rues étaient fissurées dans toutes les directions et leurs crevasses remplies d'eau de la source chaude. Elle s'écoulait d'une chute à proximité, offrant le liquide si inestimable pour la vie des vignes qui couraient le long des palissades. Une mélodie apaisante générée par les courants d'air provenant de chaque embouchure leur parvint aux oreilles à la seconde précise où les voyageurs dépassèrent la paroi rocheuse de la galerie. Certains aimaient à penser qu'elle avait été volontairement façonnée afin de donner cette sonorité, tandis que d'autres croyaient à un heureux hasard. Cependant, tous étaient d'avis pour dire que peu importe son origine, elle jouait certainement un rôle majeur dans l'aspect féerique de cette oasis, à l'abri des regards. Les lieux transpiraient la culture des deux races à l'origine de cet écosystème.

Les Castoriens étaient principalement doués pour le forage. À l'aide de leurs dents très résistantes et d'une rapidité exceptionnelle à creuser avec leurs petites mains, un terrier se construisait en un clin d'œil. Aimant les détails, ils avaient façonné des hiéroglyphes sur pratiquement chaque surface malléable pour eux. Leurs compagnons, qui pouvaient sentir une veine minérale avec précision sous plusieurs couches de terre, leur conféraient un atout non négligeable.

Les Nains des profondeurs, aussi trapus que la physionomie castorienne, possédaient néanmoins un gabarit plus costaud. Naturellement constitué pour l'endurance et la force physique, le clan avait trouvé sa voie dès le début des temps et s'était passionné pour la métallurgie. On les voyait toujours accompagnés d'une hache, d'un pieu ou d'un marteau de forge surdimensionné. Leurs compagnons, l'ours noir, incarnaient les mêmes caractéristiques. Petits et balaises, ces animaux possédaient une puissance colossale. On les utilisait comme béliers pour fissurer la pierre à l'aide du poids de leurs corps et pour transporter de lourdes charges. On ne pouvait pas rester indifférent devant toutes leurs œuvres forgées qui ornaient toute la ville.

Malgré les conflits du passé, les citoyens des Grottes-sans-Fond respectaient et conservaient ces vestiges de l'antiquité, et plus particulièrement au cœur de la ville. À l'inverse des autres bâtiments, une seule structure était érigée intégralement en bois et en fer forgé, à l'endroit même où Mazily avait conduit les compagnons. Un baril était accroché au-dessus de l'entrée, suivi d'un écriteau que le mage lut à haute voix avec un sourire en coin : "Bienvenue au Fond du Baril."

Juste avant que Mazily n'ouvre les portes battantes, elle ajouta : "Voici le lieu de prédilection. Ici, petits et grands se retrouvent pour festoyer. Pratiquement tous les voyageurs s'arrêtent là pour se désaltérer et se reposer après un long périple. Merci de bien vouloir entrer."

Les meubles étaient construits en pierre marbrée, à l'exception des tabourets faits en bois très rare. La place, habituellement remplie, semblait désespérément vide, à l'image des rues de la ville. "Mais où est tout le monde?" se demanda Tamira, qui avait tellement entendu parler de cet endroit. À l'évidence, ils étaient les seuls touristes dans toute la cité. Les portes étaient fermées à double tour, et nul n'était entré ou sorti de la montagne. Mais pour quelle raison? C'était la question qui flottait en silence dans l'esprit de tous les camarades.

Deux ou trois Drumains étaient assis à une table par-ci, la même chose par-là, une autre table inoccupée par ici et pas d'exception dans le coin là. Au comptoir, où les clients devaient habituellement se battre pour avoir accès au tavernier, en raison de la foule, il n'y avait qu'un simple habitué absorbé dans ses pensées. Le vieux Castorien, assis sur un tabouret trop grand pour lui, laissait balancer ses pieds dans le vide, comme un enfant. Affligé d'une calvitie qui avait tout emporté, à l'exception d'une seule rosette tenace, il se tenait la tête sur le côté, le crâne appuyé dans une main, le coude échoué sur le comptoir, tandis que l'autre main s'occupait à faire tourner une cuillère au fond d'un liquide qui n'en avait pas besoin. Le patriarche n'avait prêté aucune attention aux nouveaux venus, perdu dans une île de solitude. Le Drumain semblait se rider à vue d'œil sous le poids de ses responsabilités et de ses soucis.

Tident se faufila en courant dans la taverne, suivi de près par sa loutre, en criant : "Papy, papy, regarde qui j'ai trouvé!"

Le vieillard, qui jusqu'ici, semblait posséder le dynamisme d'une vieille coquille pathétique au bord du gouffre, détourna le regard de son gobelet. À l'instant où il vit son petit-fils, son visage s'apaisa et perdit mille rides comme par magie. Une nouvelle énergie l'envahit et ses yeux livides s'illuminèrent de joie.

Noxys dévisageait la tête du vieux Castorien, en particulier ses lèvres. Elle observait leur plissement et leur creusement vers l'intérieur, quelque chose clochait. Lorsque l'individu se mit à sourire généreusement, il exposa une bouche béante, démunie de dents. Horrifiée par cette vision, Noxys demanda à Tamira par la pensée : "Il n'a pas de dents. Comment a-t-il pu perdre cette dentition réputée pour leur solidité?"

Chapitre 13

Besoin de Repos

À l'extérieur, la journée s'était estompée de la même manière qu'elle s'était présentée. La nuit s'était installée confortablement, assombrissant les cieux de la surface et laissant seulement les étoiles pour border les âmes égarées. Pendant ce temps, dans les profondeurs de la montagne, là où la nuit n'avait jamais d'emprise sur les villageois, là où l'éclairage des petits oiseaux Lune gardait la ville éveillée, les voyageurs avaient engagé les présentations.

Tamira, qui n'avait pas su comment répondre à sa dragonne, avait dû se ressaisir à plusieurs occasions. Après que Note eut été nettoyé et qu'il eut repris sa place pour se reposer, Tamira se mit à fixer viscéralement les gencives dénudées du Castorien, curieusement appelé Danté. Chaque fois que son nom était articulé, un écho amusant semblait perturber la conversation. Le nom résonnait malgré elle, comme s'il transformait le mot en "édenté".

La majorité des clients dans la taverne resta silencieuse, laissant la discussion entre Danté, Feragil et Fléo Bleu dominer l'ambiance. Aile-d'or s'était rapidement éclipsé avec son griffon pour se reposer dans l'une des chambres de l'auberge voisine. Bino, comme à l'accoutumée, était repartie à l'extérieur dans les ruelles pour jouer avec Tident, rapidement rejoint par une demi-douzaine d'autres enfants. Les sujets de conversation banals se succédaient, mais rien ne semblait avoir d'importance prioritaire, ni immédiate, ni lointaine. Noxys avait même fini par s'assoupir à leurs côtés.

Tamira désespérait d'obtenir la moindre réponse à ses questions. Elle était angoissée au plus profond d'elle-même. Un sentiment de temps perdu s'était profondément installé. Elle ne comprenait pas pourquoi son père avait insisté pour qu'Aile-d'or se précipite à la recherche de ce mage. Cet homme qui lui avait à peine adressé la parole. Pourquoi Feragil n'avait-il pas mentionné les portes fermées, la crainte de la population était pourtant palpable? Où se trouvait la majorité des citoyens? Même la simple question à savoir pourquoi Danté n'avait pas de dents, paraissait l'irriter et ne l'amusait plus. Son sourire s'était estompé. Son frère était quelque part perdu probablement à l'article de la mort et eux, tout ce qui semblait les préoccuper était les sujets de moindre importance. Une succession de plaisanteries déplacées et vulgaires de la part du vieux mage. Quelques rimes à peine compréhensibles du vieux Castorien qui mâchait ses mots plus qu'une vieille vache qui rumine son foin. Feragil paraissait à l'aise comme une sirène dans l'eau. Allaient-ils s'enivrer encore bien longtemps, avec cette marée de verres pleins à rebord de boisson?

La jumelle, visionnant son frère agonisant, finit par craquer. N'en pouvant plus, elle se redressa sur sa chaise et interrompit leurs festivités d'un ton consterné en disant, "N'avez-vous pas perdu assez de temps comme ça? Pourrions-nous en venir aux choses sérieuses?"

Feragil arrêta toute conversation et dévisagea Tamira.

Fléo Bleu haussa un sourcil avant de se pencher au-dessus de la table, agitant ses deux mains. "Qu'as-tu sur le cœur, ma petite, qui réclame une attention si pressante?"

Tamira, prise au dépourvu, bafouilla légèrement sous le poids du regard des trois Drumains assis devant elle. Soudainement, son impatience semblait inappropriée.

Danté se glissa confortablement au creux de sa chaise, croisa les bras, puis marmonna, "Allez, parle. Nous t'écoutons."

Tamira se ressaisit et finit par dire, en regardant directement le chef de clan, "D'abord, pourquoi les portes de votre cité sont-elles fermées? Puis où sont passés tous les citoyens? On m'a toujours dit que c'était bondé de monde à toute heure du jour et de la nuit, ici. Pourtant, nous avons croisé très peu de gens depuis notre arrivée." Hésitante, elle demanda, "Et… où sont passées vos dents?"

Danté éclata de rire, exhibant davantage ses gencives, suivi par Fléo Bleu qui tapa sur la table en répétant à quelques reprises, "Où sont tes dents… où sont tes dents?" Riant à gorge déployée, il enchaîna, "Non, mais où sont tes dents… l'édenté?"

Feragil gisait en silence, visiblement scandalisé. "Comment pouvait-elle oser poser une telle question?" Se demanda-t-il, les yeux exorbités de gêne.

Tamira ne se laissa pas déconcentrer et poursuivit sa lancée en se tournant vers le mage, en réclamant, "Et vous… Que faites-vous ici? Pourquoi mon père tenait mordicus à votre présence parmi nous?"

Le sorcier s'apprêtait à répondre, mais Tamira enchaîna avec des accusations en regardant Feragil à son tour, et dit, "Et toi? Le fidèle compagnon et ami de mon père. N'avez-vous pas honte de rester sans rien faire, à glander, quand son dernier garçon est là quelque part à attendre que la mort l'agrippe à la gorge?" Une larme coula sur sa joue, Feragil lisait la fatigue sur le visage de son accusatrice. Il ne dit pas un mot, laissant Tamira finir de s'exprimer. Il était conscient de la détresse de Tamira, ce sentiment d'impuissance qui l'habitait.

Essuyant la goutte à l'aide de son index, elle reprit, "L'horloge tourne et je suis ici, sur une mission prioritaire. Je dois retrouver mon frère de toute urgence et vous, vous la coulez douce."

Le mage prit un ton chaleureux et répondit, "Chaque chose en son temps. À l'heure actuelle, nous ne pouvons rien accomplir de plus avant demain. Et il est toujours préférable de discuter de sujets sérieux lorsque nous sommes rassasiés et sans distraction."

Au moment de la dernière énoncé, Mazily passa la porte avec un chariot recouvert d'un dôme argenté. Un parfum agréable de nourriture l'accompagnait et se diffusait dans toute la pièce.

Noxys ouvrit un œil, réveillée par l'odeur qui chatouillait son appétit.

Tamira, trop émotive, revoyait son père qui avait dit sensiblement la même phrase juste avant l'annonce de ses frères. Sans attendre davantage, elle se leva promptement et sortit à toute vitesse. Elle n'arrivait pas à comprendre cette manie de toujours vouloir manger avant de parler de choses importantes.

Mazily, qui avait entendu une partie des revendications de la dragonnière, ouvrit le couvercle du festin en disant, "Pauvre enfant. Je vous laisse ceci ici. Je vais aller voir si je ne pourrais pas lui apporter mon aide et la réconforter."

Danté hocha de la tête en guise d'approbation, juste avant que la Castorienne ne tourne les talons à la poursuite de Tamira.

Chapitre 14

Les Détails qui Dérangent

En errant dans les rues de la Grottes-sans-Fond, Tamira rencontra peu de villageois. Elle ne s'était pas aperçue qu'ils la dévisageaient du regard, tellement elle était absorbée dans ses pensées. Elle pouvait ressentir sa dragonne qui se régalait du repas auquel elle n'avait pas assisté en quittant la taverne précipitamment. Sans s'en rendre compte, elle avait senti l'odeur fumante qui s'en était échappée au moment où elle l'avait croisée. Son estomac le lui rappela brutalement avec un inconfort et des lamentations bruyantes. La journée était passée et pas une seule bouchée n'avait franchi le seuil de ses lèvres. Maintenant, son corps réclamait son dû.

La main sur son ventre, elle approcha un couple de petites personnes à une intersection. Ils étaient en train de récolter les oiseaux de Lune qui tombaient des airs. Calibrant sa tonalité pour paraître plus sereine, elle demanda, "Désolée de vous déranger. Je cherche un endroit pour acheter à manger."

La dame fut la première à se retourner. Arrivant à la taille de Tamira, elle dut relever le menton afin de regarder son interlocutrice dans les yeux et répondre d'un ton sec, "Non! Nous ne savons rien!" Puis, elle empoigna son conjoint par le bras, qui s'adonna à dévisager la dragonnière de la tête aux pieds. La dame ne voulait pas s'attarder et dit avec insistance, "Viens, on s'en va tout de suite."

Tamira ne comprenait pas la réaction des deux individus. "Étaient-ils apeurés?" se demanda-t-elle. Pourtant, la femme lui avait plutôt paru hostile et son compagnon surprit.

Une famille non loin n'avait pas lâché l'inconnue du regard. La petite fille qui tenait la main de sa mère avait entendu la question de Tamira. Voulant aider, elle s'écria, "Madame…"

Cependant, sa mère s'interposa en la rappelant à l'ordre en lui chuchotant, "Tais-toi. On ne la connaît pas."

Tamira, qui possédait une audition exceptionnelle, se retourna pour regarder la petite fille qui l'avait interpellée. Elle s'apprêtait à répondre au moment où elle vit la femme apposer sa main sur la bouche de l'enfant. Voyant que l'attention de la voyageuse avait été attirée, la Castorienne décida de faire comme si rien n'avait été dit, puis elle tourna le dos à Tamira, entraînant la petite dans sa hâte, laquelle cherchait à conserver le contact visuel. Forcée d'avancer, la fillette n'eut d'autre choix que de détourner le regard pour suivre, puis sa mère relâcha son emprise sur la bouche de la fillette.

La petite demanda, "Mais maman, pourquoi ne l'aides-tu pas?"

La femme ralentit la cadence le temps de répondre. Tamira pouvait encore distinguer ce qu'elle articulait malgré la distance. "On ne s'approche pas du monde comme ça."

"Que veux-tu dire, maman?" demanda l'enfant en jetant un regard triste vers l'arrière en direction de Tamira.

La mère adopta une intonation plus sévère en réagissant. "As-tu bien vu la façon dont elle est vêtue?" N'attendant pas pour une réponse, elle continua. "Elle doit se prendre pour une guerrière. Il y a de toute évidence quelque chose qui ne tourne pas rond avec elle."

La petite, qui restait à la traîne, sourit une dernière fois à la guerrière en disant. "Et si elle était une véritable Dragonnière?"

La dame s'arrêta immédiatement face à son enfant. S'inclinant de sorte à se retrouver à la même hauteur que la petite, elle dit. "Ça n'a jamais existé, une Drumainne dragonnière. Ça n'a jamais eu sa place dans le monde sanglant des combats. Ça n'augure rien de bon qu'une femme en armure. Me comprends-tu bien?" En prononçant cela, elle se surprit à porter son attention sur le sujet de la conversation. Hésitante, elle finit en reprenant. "Du moins, jusqu'à ce jour. Qui sait, peut-être, avec le temps, ça va évoluer. Allez, va vite à la maison rejoindre ton père." Achève-t-elle avant de détourner le regard en se relevant pour partir à la suite de la petite.

Tamira était retournée au manoir. Elle s'était réfugiée seule dans ses quartiers. Assise sur le rebord du lit, elle n'avait pas pris le moment de contempler la décoration en entrant. Sa main s'était faufilée dans sa bourse à la ceinture pour en ressortir la dernière lettre de sa mère. Le cœur gros, les émotions à fleur de peau, elle s'adressait au parchemin, comme elle aurait aimé pouvoir le faire avec sa mère afin de se confier. D'une intonation attristée, partiellement étouffée, elle dit. "Si seulement... Tu étais encore avec nous... maman. Si seulement tu ne nous avais pas laissés et que je pouvais encore te parler. Au moins une dernière fois. Je suis persuadée que tu trouverais les mots." Tamira avait pratiquement l'impression de sentir la présence de sa mère en caressant cette lettre. Si seulement elle pouvait la voir. "Ses mots… que seule toi savais prononcer, qui étaient si réconfortants. Je suis sûre que tu aurais le moyen d'apaiser mon cœur. Les choses seraient tellement plus simples." Tout semblait aller de travers. Tout lui paraissait prendre trop de temps. Elle éprouvait le poids des secondes qui lui glissait entre les doigts. Ce temps qui lui apparaissait insaisissable et précieux. Elle se trouvait impuissante face aux événements.

Elle sentit son ventre se crisper à nouveau. Son corps, lui aussi, semblait lui en vouloir; il n'était pas prêt à la laisser en paix. Elle revoyait la réaction des villageois au moment où elle les avait abordés. Sur le coup, elle croyait qu'ils paraissaient craintifs à son approche. Elle, qui avait si faim, ne voulait que trouver un coin paisible pour dénicher de la nourriture, sans devoir retourner à la taverne. En fait, ils avaient peur, mais pas de l'étranger, comme elle l'avait cru sur l'instant. Ils avaient peur du changement. Elle n'avait pas fait deux bornes de son domaine qu'elle était déjà jugée sur son apparence!

Des bruits de pas provenant du corridor attirèrent son attention. On cogna à sa porte. Tamira ne réagit pas immédiatement, n'attendant personne. Elle présumait que ça devait être un individu qui s'était trompé de chambre. Elle attendit donc qu'il parte.

Puis elle entendit à nouveau heurter à la porte, suivi d'une voix qu'elle reconnut aussitôt, qui demanda : "Tamira, es-tu là? C'est Mazily. Je vous apporte de quoi vous délecter. Vous devez sûrement mourir de faim."

Tamira se leva, ravie d'avoir quelque chose à dévorer. Elle n'avait toujours rien vu ni senti de ce que Mazily lui avait procuré. Toutefois, juste la notion de manger suffisait pour ressentir les papilles hystériques et saliver copieusement.

Au moment d'ouvrir la porte, elle remarqua un détail peu commun. C'était en fait trois entrées en une. La première était très vaste, assez spacieuse pour permettre à sa dragonne de passer. À côté de celle-ci, une seconde de taille convenable pour elle, et une plus petite porte au centre de la première, de dimension acceptable pour les Castoriens. Elle ouvrit donc la porte à sa grandeur, ne prenant pas le temps de regarder Mazily. Elle porta plutôt son attention sur la minuscule porte qu'elle ouvrit par curiosité. Elle voulait voir si ce n'était pas une illusion ou une simple décoration. La plus petite porte émit un petit bruit puis s'ouvrit sur ses charnières à la même vitesse qu'un sourire apparut sur le visage de Tamira.

La dame n'avait toujours rien dit. Elle observait Tamira s'émerveiller devant la sortie conçue à sa taille. Elle sourit tout en attendant que Tamira se rappelle de sa présence. L'odeur du petit festin qu'elle transportait avec elle finit par rappeler Tamira à l'ordre, avec un grognement d'estomac qui ne passa pas inaperçu.

La fille du chef se mit à ricaner en disant : "Je crois que j'arrive juste à point."

Chapitre 15

Une Dent pour Manger

Mazily n'avait pratiquement rien dit depuis qu'elle avait rejoint Tamira. Elle lui avait simplement déposé le plateau argenté sur la seule surface plane de la pièce, une table à trois niveaux appuyée contre le mur de pierre à l'opposé de l'entrée. Tout semblait se décliner en triple exemplaire sur différents niveaux afin de s'adapter à la taille de l'individu.

Lorsque la Castorienne releva le dôme argenté, Tamira put voir deux ensembles de trois plateaux. L'un contenait les couverts, l'autre, les gobelets, et le dernier, trois gourdes de formats différents. Chaque ensemble était fait d'une matière distincte : l'un en bois, l'autre en métal et le dernier en os. Ils étaient finement travaillés avec des motifs représentant la matière utilisée.

Tamira ne dit pas un mot en observant le festin. Elle se laissait enivrer par l'odeur agréablement généreuse qui enveloppait l'endroit dans ses bras parfumés de délices.

La femme, qui disposa cérémonieusement un ensemble de plats devant chacun, entonnait une légère mélodie que Tamira crut reconnaître. Elle l'avait déjà entendue de sa mère, elle la fredonnait parfois, cependant elle n'avait jamais connu les paroles ni la provenance. Elle demanda donc : "Quelle est cette mélodie?"

Mazily fit une pause songeuse, sourit en fronçant les sourcils et dit : "Si vous ne savez pas ce qu'est cette musique, vous ne connaissez sûrement pas nos coutumes."

Tamira hocha la tête en guise de réaction avant que la femme ne reprenne avec des clarifications. "C'est la base même de notre mode de vie. Elle n'a pas de paroles, car tout se trouve dans la vibration et l'intonation. Comme pour l'existence, les mots n'ont aucune valeur si les impulsions et les actions dictent le contraire. Les mots ne pourront jamais remplacer la mélodie qui régit les pas de danse."

"Et… les plats?" Tamira demanda, attendant attentivement la suite de l'explication sans sourciller.

"Comme la nourriture est ce qui nous maintient en vie, nous considérons ce moment de la journée comme sacré. Nous le traitons telle une responsabilité à perpétuer. Et jamais tu ne verras un Castorien manger seul ou laisser une tierce personne manger seule durant son goûter. Car il n'est ni bon ni normal pour un individu de vivre isolé, et il est toujours plus agréable de partager notre existence avec une autre personne. De facto, nous pensons de même en ce qui concerne les repas. Nous déposons la portion en bois en premier et nous la faisons tourner complètement vers la gauche… Le bois représente la vie, la naissance et le temps de grandir. C'est aussi le symbole du passé. Il tourne conformément au côté du cœur, mais vers l'extérieur… car autant il est bon de savoir d'où l'on vient, d'accepter qui l'on a été et ce que l'on a vécu, autant il est important de comprendre que nous devons aussi le laisser derrière nous. Elle contient les fruits et légumes qui vont dans le même sens. Celle au centre, on ne la tourne pas… c'est le présent… on le vit tel quel, sans le relier au passé ni au futur. Elle est en métal, et contient les outils pour manger et pour vivre. Et l'on y voit les cœurs de pierre. Si l'on n'utilise pas les instruments dans la vie, on n'arrive pas à manger convenablement sans se salir."

Tamira remarqua ce qui ressemblait à une sorte de pince à noix en fer forgé. Son expression de curiosité se transforma lentement en un certain dédain. Elle était en train de regarder les dents de Castorien coincées dans le métal forgé et demanda. "Rassurez-moi, ce ne sont pas des dents de Castorien que je vois à même ces pinces?"

Mazily sourit et répondit. "Oui, en effet ce sont des dents de lait que nous récupérons. Pour nous, fracturer la pierre qui s'est formée autour du fruit minéral n'est pas un obstacle. Cependant, pour les voyageurs qui n'ont pas d'aussi bonnes dents, c'est une tout autre histoire. Ce qui revient à dire que parfois, pour pouvoir savourer le présent, il faut accepter d'utiliser les outils des autres pour atteindre le cœur du fruit de la vie."

En regardant à nouveau les dents fixées sur le dispositif, Tamira fut prise d'une soudaine nausée. Elle s'empressa de demander. "Ce ne sont pas les dents de votre père?" Revoyant les gencives de Danté plus lisses qu'une piste de ski, elle pouvait sentir sa gorge se serrer d'angoisse et sa luette tremper de plus en plus dans l'acide.

"Non... non. Rassure-toi. Nous n'employons pas les dents des personnes âgées pour nos outils. Nous n'utilisons que des dents de lait, car il est possible de les fusionner avec des métaux en fusion. Dans le cas de Danté, c'est l'âge qui a détérioré les os de sa mâchoire qui les maintenaient en place. Il possède un dentier fait sur mesure avec des dents de lait, mais il ne se résigne pas à les utiliser. Il préfère ne pas avoir de dents plutôt que d'afficher de petites incisives de bébé."

Elle déposa le dernier plat rempli de petits oiseaux de Lune frits sur une broche et dit : "Ceci est la dernière assiette que nous tournons vers la droite pour un tour complet. Elle représente notre futur, et nous y plaçons tout ce qui provient d'une source de protéines. Ce sont les animaux qui font office de ciel et de soleil dans l'écosystème intérieur des Grottes-sans-Fond. Ils vivent en moyenne quatre cycles lunaires et produisent une luminescence pendant la moitié de leur vie. Un peu à l'image de leurs petites sœurs, les chenilles, qui elles ne sont pas comestibles."

Fascinée, Tamira voulait en savoir davantage et demanda : "Et pour les gobelets, je présume que la signification va de pair?"

"Tu as bien compris," répliqua Mazily.

Tamira pointa le plus gros gobelet en bois, et Mazily répondit : "Il contient de l'eau pour ouvrir l'appétit, et elle est la source de toute vie. Il est plus imposant, car nous connaissons généralement mieux notre passé que ce que nous maîtrisons de notre futur."

"Et le moyen gobelet, c'est pour le présent," déclara Tamira en montrant le gobelet de taille moyenne.

"Exactement. C'est notre présent. Ce gobelet contient la sauce. On peut choisir de la manger avec les fruits et légumes ou avec l'assiette du présent. Elle accompagne bien le plat du futur, qui n'en sera que plus savoureux. Si on verse tout sur le passé, il en manquera au présent et il en restera plus pour accompagner le futur. Cependant, ça reste un choix," dit-elle en souriant.

Tout en remplissant le plus petit gobelet, elle prononça avec émotion : "Et celui-ci représente le futur. Il est rempli de notre savoureuse boisson de Sueur de fruit. On le met en petite quantité, à l'image de nos vies. Ce sont tous les petits moments pendant le repas qui font la différence. Il faut envisager l'avenir avec optimisme. Seule une personne arrivée à la fin du voyage peut vraiment voir à quel point ces petits moments ont fait toute la différence dans le menu de son existence."

Jusqu'à présent, Tamira s'était contentée de se délecter du parfum qui titillait férocement son appétit. Enfin, Mazily mit un terme à son supplice en disant : "Bon repas. Que ta tablée reste toujours pleine de richesse."

Elle pouvait enfin attaquer et dévorer ce repas. Ayant dans son champ de vision la vue d'une couchette située dans le coin, elle se dit : "Après ce festin, je vais pouvoir reposer ma carcasse. Je verrai pour les autres détails demain. Tiens bon, petit frère. Je suis en route."

Épilogue

Écho de la Nuit

Ducan était assis dans le confort de son bureau, enfoncé au creux de sa chaise capitonnée, à la lueur vacillante d'une bougie qui tirait à sa fin. Son regard livide était fixé sur la fenêtre ouverte, mais le ciel bleu foncé de la nuit ne lui apportait que peu de réconfort. Sa fille était partie depuis seulement quelques jours, avide d'aventure à la recherche de son frère. Malgré la présence de nombreux occupants dans le domaine, même si toutes les chandelles étaient allumées sur chaque mur, dans chaque couloir et dans chaque pièce, il se sentait seul, mortellement seul. Il n'avait jamais réalisé à quel point le simple fait de savoir ses enfants à la maison, sous le même toit, donnait tant de vie aux cloisons de pierre.

Derrière lui, une lueur bleue vacillait. Elle ne provenait ni du feu du foyer ni de la bougie. Personne n'avait ouvert la porte, qui aurait laissé pénétrer la nitescence du corridor.

Sans se retourner, Ducan prononça : "Bonjour, vieille branche. Je constate qu'Aile-d'or t'a trouvé et que tu as reçu mon message." La bougie s'éteignait, morte, étant rendue à l'avènement de sa mèche. Seules les braises du feu éclairaient la pièce d'une lueur quasi inexistante, ainsi que l'énergie qui dérivait du portail.

L'intrus frappa le sol de son bâton de marche, le vortex se referma derrière lui et les têtes spectrales s'évanouirent dans la nuit, plongeant le bureau dans l'obscurité. D'une voix sûre, il répliqua à Ducan : "Il s'est passé bien des lunes au-dessus des montagnes depuis la dernière occasion que nous nous sommes vus, vieux croulant." Puis, il formula une incantation d'une voix caverneuse, laissant ressentir la vibration de tout son corps lors de la prononciation : "GRAVILUM." Une lueur bleue se mit à scintiller au bout du bâton du voyageur, restituant une forme d'éclairage.

Ducan ne s'était jamais habitué aux incantations de son ancien compagnon d'armes. Chaque formulation provoquait des frissons, transmettant une sensation de brûlure qui pouvait tourmenter le cœur et l'âme de toute entité ayant le malheur de l'entendre.

"Oui, trop longtemps. Viens cimenter ton derrière, qu'on s'envoie quelques verres dans le gosier. Nous devons récupérer quelques lunes," lâcha Ducan entre deux quintes de toux.

L'homme fit le tour de la chaise et présenta une bouteille de métal en forme de loutre en répliquant, "Garde ton hydromel pour ce soir, on va picoler sur mon bras de l'élixir des Grottes-sans-Fond. Car disons-le, on a beaucoup à se dire et trop peu de temps pour ce faire."

Ducan sourit, puis se leva afin de se procurer deux gobelets dans le cabaret sur la petite table adjacente en approuvant. "Oui, beaucoup trop de rattrapage."

"Il fait froid ici. Tu cherches à baiser avec la mort ou c'est une question d'économiser sur le bois de chauffage? Ça ne te ressemble pas," dit-il avant de prendre l'initiative de fermer la fenêtre qui gisait grande ouverte et de garnir la bouche du foyer avec de nouvelles bûches.

Ducan tituba légèrement et fut à deux doigts de lâcher les gobelets. Le gaillard qui avait remarqué le malaise du chef des lieux avait anticipé la perte d'équilibre. L'agrippant par le bras au bon moment, il l'aida à se rasseoir. Puis à son tour, il s'établit dans la chaise à l'opposé.

Ducan remit l'un des gobelets à son ami en demandant d'un ton curieux. "Et puis, comment as-tu trouvé tes retrouvailles avec ta nièce?"

L'homme fit un sourire et répondit. "Elle a bien grandi depuis la dernière fois que je l'ai vue à la suite du décès de ma sœur. Elle est devenue une vraie femme à l'image de ses deux parents. Je ne crois pas qu'elle se souvienne de moi. Cependant, nous devons d'abord parler de la possibilité que la guerre soit plus près que nous le pensons."

Ducan adopta un air sérieux en fronçant les sourcils et demanda. "C'est si grave que ça?"

"Oui, j'en ai bien peur. Des Castoriens manquent à l'appel. Un seul fut retrouvé à l'agonie. On l'avait battu pratiquement à mort et ils lui ont arraché ses deux dents."

Ducan resta silencieux quelques instants, étira le bras pour prendre la bouteille qu'on lui tendit et demanda. "A-t-on pu le questionner pour savoir qui lui avait fait cela?"

"Non. Il a succombé à ses blessures avant qu'on puisse en apprendre davantage. À l'heure actuelle, les portes de la Grottes-sans-Fond sont fermées à double tour et les villageois sont apeurés. On a eu de la chance qu'un des enfants ait déjoué la surveillance pour sortir."

Ducan se versa une chope à rebord avant d'affirmer. "Et avec le sort de protection que tu as posé, il y a quelques décennies, tu ne peux pas ouvrir un portail à l'intérieur. Ont-ils une thèse, de qui pourrait être à l'origine? Et pourquoi?"

"On ne voit qu'un seul clan qui saurait quoi en faire. Donc tous les indices semblent pointer dans leur direction. Cependant, j'en doute énormément. Je suis consterné de devoir t'annoncer qu'on va devoir effectuer un détour avant d'aller à la recherche du jumeau."

"Oui, je comprends… On ne peut pas faire autrement. Et je suis d'avis que c'est très préoccupant. Comment a réagi Tamira?"

"Elle n'a pas encore été mise au fait. Feragil la laisse se reposer pour l'instant, car je devais venir te parler avant toute chose."

Ducan, qui avait déjà terminé son verre, regarda le fond de celui-ci en disant. "La nuit va être longue, on a vraiment trop peu de temps pour tout ce qu'on a à se dire. Heureusement qu'on possède suffisamment de réserve à boire." Finit-il avec un sourire.

Les deux amis s'apprêtaient à passer une longue nuit à discuter jusqu'aux petites heures du matin.

À suivre…

www.Lios-art.com

Admin@lios-art.com

Édition ScriptoSceptique

9 781777 987824